月亮湾

南河 著

陕西新华出版
陕西旅游出版社

图书在版编目（CIP）数据

月亮湾 / 南河著. — 西安：陕西旅游出版社，2018.2（2024.1重印）

ISBN 978-7-5418-3576-6

Ⅰ. ①月… Ⅱ. ①南… Ⅲ. ①长篇小说-中国-当代 Ⅳ. ①I247.5

中国版本图书馆 CIP 数据核字（2017）第 313678 号

月亮湾 **南河 著**

责任编辑：邓云贤
出版发行：陕西旅游出版社（西安市唐兴路 6 号 邮编：710075）
电　　话：029-85252285
经　　销：全国新华书店
印　　刷：盛大（天津）印刷有限公司

开　　本：850mm×1168mm 1/32
印　　张：6.3125
字　　数：115 千字
版　　次：2018 年 2 月 第 1 版
印　　次：2024 年 1 月 第 2 次印刷
书　　号：ISBN 978-7-5418-3576-6

定　　价：48.00 元

楔子

有一天早上，张镇平（以下称“镇平”）同志打来电话，说他有一事想来我家谈谈，问我有没有时间。我说有时间，但你别来了，我去你办公室好了。我知道他公务繁忙，就骑着自行车穿过车辆、行人如织的街道，到区委大院他的办公室。

镇平同我谈的是开发他家乡月亮湾（商州区杨斜镇一个村）旅游景区的事。早在10多年前，镇平在闫村乡任党委书记时，曾带着我去闫村乡考察开发旅游景区的事。我去了多次，写过一份规划书，结果他组织人修了一座高大雄伟的红军烈士纪念碑，建造了革命传统教育基地，引起了轰动。而我呢，走访了闫村乡几个古寨，收获颇丰。闫村古寨成了我的长篇小说《蟒岭风雷》中“摩天寨”的原型。当时我就发现，镇平是一位事业心极强的同志，对自然景点和人文景观相结合的旅游产业颇有研究。当时他对家乡月亮湾的旅游开发也很有兴趣，并且领我去看了一番。乍到月亮湾，我就震惊了，这是一个高山围拢而成的盆地，一条清悠悠的碧水从中蜿蜒流过，房屋错落，炊烟袅袅，绿水青山，犹如世外桃源。月亮湾有许多古迹，如清泉宫、大圣庙、水打磨、老油坊，还有红军墓……

游览后，我对镇平几个人说，月亮湾独一无二，绝无仅有，景点多，植被好，地势又高，天气凉爽，盛夏之夜睡觉都要盖棉被，是避暑的好地方。细细斟酌之后，我还是把月亮湾的不足之处讲了出来。我说，大凡旅游区，虽然景点多，但是总有一个突出点，如文章的主题、诗的诗眼，万绿丛中总要有一点红。我又说，如新疆喀纳斯那地方有一个湖，五当山上有金顶，八达岭上有长城，蓝田汤峪有温泉……相比之下，月亮湾的突出点在哪里？是什么？纲举了，目才能张啊！

后来，关于月亮湾旅游开发的话题，就搁置了。

事隔几多年之后的今天，怎么又提起来了呢？我在心里说，镇平啊……

又过了多日，镇平高兴地告诉我一个令人惊喜的消息，说月亮湾的人在太平山发现了古洞。他星期天回乡去看了，他爱人吕芹也去看了，山高，林密，路险。他笑了一下，说："在山上跌了一跤，连一条新裤子都挂破了。"我也笑了，说："看来干任何事，不付出代价是不可能的。"就问他："自然洞吗？"

"不，人工凿的，先后共发现了13个洞。"镇平说。

那些洞是隐蔽的，乍看有一两个，仔细搜寻，越来越多，像仰头数天上的星星一样。最后一个洞，是在一丛矮树背后发现的。那崖壁上有一串小小的脚窝儿，一个小伙子猴儿似的攀缘上去，才发现树丛后有个不大的洞口。走进去，竟是个偌大的长方形古洞，"门"上边还凿有一个"窗口"。

镇平说："洞群挺有意思。"

我说："是，听你这么一说，我觉得还有些门道。"因为洞穴文化内涵丰富，展示了当地土著原始文化的特征，我很想去看看。

镇平说："上山看洞就没有必要了，山高，路险，又远，你年纪大了，可以请你去村里和周围再看看，怎么样？"

我说："好。"心想，故地重游或许会有新的发现和感悟，却没有登山探洞的意思。山高路远，冒什么险？逞什么能？

第二天，正是暑假的一天，镇平的堂弟建民要回老家，让我坐他的车过去，坐车坐了40分钟就到了月亮湾。在看"回"字形大院时，只见月亮湾四周郁郁葱葱，万木葳蕤，空气清新，风景如画，美极了。我一时没有了山下观景的闲情，居然极想登山去探古洞，一饱眼福。

我们进了建民家，喝了杯水，稍事休息，我提出要登山探洞。建民的父母十分惊讶，说："你能去？山高，路不好走，天又热，你这么大年纪……"他们分明是怕我晕倒在半山，如何是好？但我的愿望十分强烈，我开玩笑说："红军不怕远征难。"建民的父亲和德老弟见我执意要去，就停下帮妻子打糍粑的活儿，和儿子一起护送我上山……

上山有三条路：第一条从月亮湾村后登山顺梁上去，第二条从太平沟上去，第三条从堡子沟绕道上去。我们从洞沟直去，周围树木茂密，顺着荒废的羊肠小道攀登，眼观草木碧绿，耳闻蝉噪鸟鸣，倒有一种难得的情趣。但是，因为上坡路多，上山十分费力，我不禁气喘吁吁。和德老弟是一位十分体贴人的人，见我很累的样子，他说：

“咱们坐下歇一歇吧。”我说：“不要紧，还是继续走吧。”他笑了，说：“行。”便给我从一旁折了根长长的树枝当拐杖，这拐杖可帮了大忙，登山轻松多了。

太平山是月亮湾北边的一座高山，用“插入云端”来形容毫不过分。太平山植被茂密，古木参天，唯山顶阳面有一大片坚硬的石崖。黑孔点点，就是太平山古洞群了。但我们没有急着探洞，而是绕向洞群的右侧。原来，山梁偏北处，树丛中有块平台，名曰“太平台”。太平台面积约一亩，上面分布着三口水池，碧水悠悠，常年不涸。相传，如果有人来此祈雨，保证五日内就会甘霖普降，禾苗返青，庄稼丰收。于是，一传十，十传百，人们就在太平台一角盖了三间庙、两间厢房，起名清泉宫，敬奉龙王。同时，这里住着一位白胡子老道，离世后安葬在庙不远处的一块大石前。清泉宫在清雍正年间迁到了堡子沟口东侧，方便乡民朝拜。我们到达时，发现池水依然涨满，除一池水比较清，另两池水已变成黄汤。这是怎么回事？和德老弟和建民父子俩说那是野猪游泳致池水变了颜色，附近几棵巨树下部果然有野猪蹭后的泥痕。

我们带着钢卷尺，进洞一一丈量并做了记录，有的洞有 60 多平方米，最小的也有 10 多平方米。洞的形式各异，有正方形，有长方形，有的洞套洞……有一个洞，中间还有一面墙，墙的里端又凿开空间。洞内留有一面墙，既结实又美观，足见凿洞人技术精湛。有的洞在洞口一侧，凿有石锅台。差不多每个洞都凿有天窗，即在洞口顶端凿有一个或两个圆孔，一旦将洞门关上，光线就会从那圆孔照射进来。

在一个洞中，正面壁上规整地镌刻着凸显的四个大字“高山太平”，太平泛指社会平安、安宁，而将“太平”二字刻在高山洞中，更说明此方洞天平安、安宁、安全。这是“神洞”的准确写照，也是洞主人的追求、向往和期盼。其实，谁不期盼太平？

在“高山太平”下方，镌刻着一个斗大的“福”字。立定静观“福”字，心里豁然开朗，一切都明白了。福者，福分、福气、福星、福利、福天、福地、享福、幸福、福禄寿！除了福，尘世上，还有什么值得追求？南征北战的终极目的还不是让人人都有福？难怪，那儿有个香案，地上有一草团，供人祈福。

看到这儿，我情不自禁地跪在草团上，双手合十，双目紧闭，进入一种静定状态，顿时神清气爽，浑身生力，大呼道：“福来了！福来了！”

和德老弟和儿子也向“福”字磕了头、作了揖。他们说：“感觉真好。”

我顺嘴说了一句不知在哪本书中看到的话：“古洞神秘，有一种无尽的魔力。”

我们站在洞口，遥望远处群山腰间飘荡着团团棉絮似的雾，十分好看。刹那间，一团雾飘忽在我们脚下，仿佛把我们托了起来，把高山、古洞也托了起来，我们仿佛到了仙境！

我对高山太平古洞异常留恋，蓦然想起清代古典小说《镜花缘》作者李汝珍老先生在其书中所写的一句话：“如此洞天福地，倘得几间幽室，暂住几时，也不枉人生一世。”我深信，我与高山太平古洞有缘，在此洞天福地频频活动，住他几日的机会总是有的。

探过洞群，建民感叹道："13个古洞，如此浩大而艰辛的工程，需耗多少钱？"我们在另一个古洞中发现了3个石刻大字"万盛恒"，这是古时张家的商号名，由此不难获得答案，后面再详述。

我们返回建民家，全家人一声惊呼，意思是我终于安全结束旅程了。其实，连我自己也很震惊：年近八十岁了，竟能登临洞天，真乃天助我也！瞧，那香喷喷的洋芋糍粑，我居然狼吞虎咽地吃了三大碗！

从月亮湾归来后，我的心情总是难以平静，高山太平古洞不时闪现在眼前。在睡梦中，我也在洞中徜徉，仿佛与许多人交谈：此洞凿于哪朝哪代？因何而凿？洞中都发生过哪些故事？这些故事是否有内在联系？等等。如果诸如此类的结解不开，不要说对我个人，对一代代探洞者来说是不尊重，也是一种感情上的残酷折磨。于是，我在镇平、建民诸位的帮助下，一次又一次奔赴月亮湾进行实地考察、多方调查，张和斌、张和峰、张和德等老一代人提供了大量宝贵资料，我又查阅了许多文献，综合起来构思了这部长篇小说，赠献给月亮湾及其风景区，以飨读者……

目　　录

上篇　土楼

1

四山浓雾，沉沉的。秋雨绵绵，沙沙响。乳河上游的水涨了，波浪翻滚，汹涌澎湃。此刻正是明世宗嘉靖十一年（1532）八月的一天，有一男一女带着孩子，转过山嘴，步入了月亮湾。仔细看，他们不到30岁，应该就是20多岁。男的背着一个三岁男孩，女的抱的也是一个男孩，大概一岁多一点。秋雨连绵，他们衣衫褴褛，冷得浑身瑟瑟发抖。他们不是难民，就是乞丐，异常可怜。他们淋着雨，无处栖身，只见前边山湾有户人家，大门洞开，就奔了过去，喊道："掌柜的，对不起，麻烦啦，借你家避避雨吧！"

屋主人四十七八岁，中等个头，圆脸庞，慈眉善目，态度和蔼。他叫辛庆余，闻名远近的中医，人们都称呼他"辛先生"。辛庆余听外面有人叫，连忙走出房门，站在高台阶上，只见一男一女背着、抱着孩子站在雨中可怜兮兮的，就起了恻隐之心，叫他们进屋。这时候，辛庆余的老伴孙氏和两个女儿大翠、小翠也出来了。大翠、小翠见来了人，心想：哪里来的叫花子，下这么大的雨，胡跑啥呢？孙氏是慈悲人，忙将来人领进屋，在灶口搭了火，叫他们烤烤湿气。她见两个孩子衣服湿了，心里咯噔了一下：孩子还小，害病了咋办？就叫大翠、小翠帮忙把孩子抱到炕上，脱了湿衣服，盖上厚被子。她不无遗憾地说："咱家没小孩子，没衣服给娃换。"接着又吩咐小翠把孩子的衣服拧干，拿去火上烤；吩咐大翠把女客人领进自己房子，换上大翠的干衣服；取了大翠爹的干衣服，让男客人也换上。吃过饭，宾主分坐在方桌两旁的椅子上，聊起了家常。

辛庆余问："小伙子，听口音，你们不是此地人，家住哪？"

男客人说："我叫张星魁，24岁。我内人叫金梅香，23岁。我们是安徽安庆人。"

辛庆余心想，定是南方又遭了水灾，前年门前就有遭水灾逃难的南方人。既然他们家乡遭了灾，无家可归真可怜，就留下他们吧。他见星魁眉清目秀、颇有修养，梅香聪颖贤淑、彬彬有礼，就说："星魁，你看我们月亮湾，四山环抱，土地肥沃，山清水秀。既然你们那里遭了灾，就在这里住下来吧！"

刚才，从东边上来转过山嘴，看到雨中的山湾，星魁和梅香都认识到，这块圆圆的盆地真是风水宝地，让人羡慕不已。现在辛大叔又让他们"住下来"，不禁心生诧异了，这么巧吗？

还在安徽老家，星魁和梅香决定外出时，曾为去向商量再三、举棋不定，最后决定去西北方向。是天意安排吗？不，因为星魁的小名叫西北。可西北大了，去哪里安家呢？星魁想了一个荒唐而滑稽的办法，他找来一张地图，用手指指着，自长江逆流而上，到汉口、汉江、丹江，又顺乳河而上一段，便停下手指，对梅香说："在谷道边找一块风水宝地安家吧。"梅香善解人意，是夫唱妇随的角儿，她用碧泉似的眼睛瞧丈夫一眼，深情地说："哪怕是天涯海角，我都会一直跟着你的。"

现在，星魁相信，当初他指定的地方，就是眼前的月亮湾！

星魁说："辛大叔，你留我们住下来，怎么个住法？"他已知道，辛大叔家有几架柴山，还有10多亩良田，是一户小康人家。可十根指头不一般齐，他有大翠、小翠两个千金，却膝下无儿，是不是要我给他当儿子？

星魁正胡乱猜测着，辛庆余发话了："我家隔壁那个大院子，三间房，是胡家的。胡家搬走了，去渭北三原安家了。他家的房、地和坡场，要我给寻一个买主呢。如果你们愿意留下来，我就把那份田产买下，你和梅香耕种去，给我缴多少租子无所谓。"

天下竟有这样的好事！星魁抑制住内心的喜悦，连忙说："叔，租子好说，我和梅香商量一下。"

此刻，雨已停，天上有朵朵白云，云间露出一片片蓝天……

两个孩子的名字按照排行，大的叫老大，小的叫老二，打算以后生的孩子就按老三、老四这样叫下去。老大、老二不认生，竟让大翠、小翠抱着玩耍了。星魁和梅香商量究竟留不留的事……

第二天早饭后，小两口穿过屋后的山林，登上山头把前后左右看了个遍。星魁指着此地说："瞧，九龙缠绕，金鸡独立，二龙戏珠，五女拜寿……多好的地方。"梅香高兴地说："烧柴很方便，不要说满山架岭，光屋后这坡上的柴都烧不完。"梅香又指着门前那一条弯弯的碧水，叫道："瞧，那河水多旺、多清，洗衣服很方便！"梅香还特地说："村前的路那么平、那么宽，人来车往，据说是秦楚古道的一段，咱以后做生意多方便。"

星魁见梅香这也说好，那也说好，百好千好，深深地感动了，就紧紧抱住梅香，流着泪对梅香说："今后，咱祖祖辈辈，就是这月亮湾的人了！"

"是啊！"梅香说着，也禁不住流出了眼泪。

2

屋里，辛庆余和老伴孙氏一左一右坐在椅子上，正在说话。

辛庆余说："世上的事真奇怪，隔壁老胡一家迁走以后，我心里一直空落落的，如同摘了心肝。这时候，星魁一家就来了。凭我几十年的经验，我断定星魁是聪明人、好人，言谈举止有素养、有气质、有风度，跟咱处邻居，好得很。"

孙氏说："是的。金梅香，弯弯眉，凤凰眼，瓜子脸，跟咱大翠、小翠很像，我一见就特亲热。"

大翠、小翠正抱着两个孩子在里间屋逗乐，一听爹妈夸星魁、梅香两口子，就出来插话，说："妈，你既然看梅香人好，就认她做干女儿吧。”

孙氏笑着说：“梅香要是做了我干女儿，她和你们是啥关系？不就是干姊妹吗？那样，你俩不是成了老大、老二的姨了吗？”

“那当然！”大翠、小翠说，并逗孩子，“叫姨姨！叫姨姨！”

那时候人口稀少，家里来了客人，全家人都高兴，客人走了就寂寥，甚至心慌。辛庆余心想，缘分这东西很奇怪，有些人相识多年却形同陌路，可有些人一见面就相互交心，亲如一家人。这正如俗话所说，有缘千里来相会，无缘对面不相识。他认为，他们一家人和星魁一家人就有缘分，也很喜欢两个孩子。

辛庆余这样想着，从大翠手里接过老大，逗道：“叫爷爷！叫爷爷！”孩子不认生，真的叫道：“爷，爷！”

辛庆余激动地亲了老大一口，眼泪都流出来了。他该是抱孙子的人了，可怜大翠她哥哥，那个男孩早早夭折了。

孙氏抱住老二，也教道：“叫奶奶！叫奶奶！”

这时候，星魁、梅香转悠回来了，一进门就诚心诚意地跪在了辛庆余老两口面前。

辛庆余和孙氏十分诧异，忙将孩子递给大翠、小翠，上前扶起星魁、梅香，说：你们这是怎么了？”

小两口都不肯起来。星魁说：“大叔、大妈，我们一家人从安徽来到这里，两眼一抹黑，举目无亲，却得到你们的收留，我们感激不尽。谢谢！谢谢！”说完，小两口就一起磕起了头。

梅香说：“刚才我俩把月亮湾前后左右齐齐看了，没说的，我们喜欢，愿意留下来。”

辛庆余说：“那就好，快起来，快起来！”

星魁和梅香还是跪在地上不起来，因为他们还有更重要的话要说。星魁说：“大叔、大妈，我和梅香商量了一下，还有一件重要事情，不知当讲不当讲？”

辛庆余说：“有啥话？咋能不当讲？说吧。”

星魁说：“我们想拜二老为干爹、干娘。”

啊！不仅辛庆余和老伴孙氏一阵惊愕，就连一旁的大翠、小翠也很意外，一家人哑口无言，不知怎么说。

梅香说：“大叔、大妈，这不是开玩笑，我们是诚心的。”

星魁把缘由讲了出来，他说：“我没有兄弟姐妹，父母也不在了，从安徽来到月亮湾，得到二老的关照，万分感激。再说，以后住下来，多有麻烦二老，就让我们尽点孝心吧！”

二老满口答应，把星魁和梅香扶起来，让在一旁坐下，双方明确了称谓：星魁和梅香叫辛庆余爹，叫孙氏妈；大翠和小翠叫星魁哥，本该叫梅香嫂子的，但她脾气实在太好，令人尊重、尊敬，就叫了姐。调皮的小翠指着梅香和大翠说：“这个是姐，这个也是姐，叫人咋区分呢？干脆叫大姐、二姐吧。”说得在场人都笑了。

梅香接过老二，就教孩子叫辛庆余爷爷，叫孙氏奶奶。给大翠、小翠叫什么呢？就叫大姑、二姑吧。梅香认为，姑姑比姨姨更亲近。

3

过了一天，吃过早饭，一家人围坐在一起，星魁提起了胡家那份产业。他对辛庆余说："爹，那份产业，我买了。"

一家人都很吃惊。辛庆余说："田地、山林、院落，那么大一份家业，多少银子哩，你能买了？"

"爹，我能。"趁此机会，星魁就把自己的情况详细说了出来。出生于徽商兴盛之地的星魁，从小耳闻目染，受到熏陶，长大也做了商人。他走南闯北，到过许多地方，商号为"万盛恒"。起初经营日用小百货，进而办山货土特产收购站，还卖布匹、丝绸，开客栈等。他以诚信为本，积累了一定资金。为了在竞争中求发展，经过反复考虑，他锁定了西北，带上所有银票，和妻子乔装打扮成乞丐，长途跋涉来到了月亮湾……

辛庆余听了星魁的话，心中自然高兴，就代胡家把房、地契约给星魁办了，星魁付了银子。辛庆余是办事可靠的人，他在办手续之前，已领星魁把田地、坡场看了。地除了北湾 10 亩外，还有南湾 18 亩，全是坪地。油坊沟和堡子沟的进沟处，还有 20 多亩山地和半山地。至于坡场，南边有一片，包括村前那座山；北边有一片，即村后那条山梁以西到沟畔，还有整个太平山。

房屋就是那三间瓦房和一个大院子，星魁和梅香两口子已经看过了……

4

两个大人，两个孩子，一家四口人终于住进了自己的房子。北方人睡炕，屋里有一盘土坑，一个锅灶，锅也还在，还有案板及其他一些零碎家具，过日子够用了。

乍住进来时，梅香很高兴，不时给孩子说："咱如今成了月亮湾人了，也有自己的房子。瞧，这就是咱自己的房子，才买的呢。"不管孩子听不听得懂，她都如是说。

干爹、干妈来看过，大翠、小翠也来看过，都说好。其实，才住进来的那天中午，他们就请干爹一家吃了一顿饭，是小米干饭（此地没有大米），从杨斜街上买了二斤肉，一坛苞谷酒。一顿饭吃得很香、很高兴，干爹酒喝多了，拉住梅香的手，流着泪说："你从安徽到咱这里，千万不要陌生，我和你干妈都认你为亲闺女。我们有两个女儿，添了你就是仨，你是大闺女。"梅香身姿好、长得俏，性格又温柔，让辛庆余两口子疼不够。

辛庆余又把老二抱在怀里，亲着说："叫爷爷，叫爷爷!"孩子才学话，回叫道："爷，爷。"老大觉得自己能行，就上前去抱住辛庆余的腿，朗声叫："爷爷，爷爷!"抱着老二的辛庆余蹴下来，亲了老大一口，赞道："我娃乖！乖!"

融洽、和谐、高兴，新的日子开始了，一家人很兴奋。可过了一段时间，梅香很有些惶恐，连饭量也减少了。这天夜里，老大、老二都睡熟了，她却怎么也睡不着，紧紧依偎在丈夫怀里，说："我怕！我怕!"

星魁挺诧异，问："在房子里，你怕什么?"

梅香犹豫再三，才把她怕的理由说了出来。她说，她看见屋墙黑黑的，烟熏火燎后的脏污在天刚一黑的时候，就似一个人龇牙咧嘴朝她笑，鬼也似的。再说，有天后晌，她刚一进门，就看见一只黄鼠狼从柜底钻窟窿跑了。还有昨夜，她对星魁说："你睡得呼呼的，我可睡不着，只听见一伙老鼠在屋檐里追赶，‘吱吱’地叫，吓得我出了一身冷汗。”

星魁一听，无比心疼梅香，就伸过胳膊来，紧紧地抱住她，亲啊亲。星魁心想，这个可爱的人儿，怎能让她担惊受怕？我作为男子汉，作为大丈夫，不能为她担当吗？他想起梅香说的墙黑、楼黑，还有黄鼠狼钻窟窿，老鼠的“跑马”等，心里也有些惊悚。他把这一切都归结到这房子上。是啊，陈年旧屋，啥龌龊没有？索性，拆掉它！

5

星魁有个要好的朋友叫成德安，是福建永定县初溪村人。有一年，星魁和梅香成婚不久，成德安特意邀请他俩去永定县玩。盛情难却，小两口就去了，一到初溪村居然都惊呼起来。

原来，他俩看见一座圆形的庞大建筑巍然屹立在眼前，高高的顶上盖着瓦屋，也是圆形的。从外边看，墙上没有窗户，只有一个结实的大门。成德安将他俩领进门，居然有四层，一层层转圈儿，都安有门窗，住了人家。据成德安说，这楼上楼下一共住了63户、400多口人呢。成德安住在四楼，三间屋子明亮宽敞。成德安的妻子非常热情，做了好饭菜请客人吃，拾掇了床铺让客人休息。

从第二天起，一连三天，成德安夫妇领着星魁和梅香到镇上、县城，还有几个景点游玩了一趟，处处是景，一切皆好，令人流连忘返。最让星魁和梅香觉得奇特而有兴趣的是当地的住房非常别致、独特，几百人竟然聚居在一起。这样的建筑，在此地并非一座、两座，而是有许多座。所以，在临走前一天，星魁和梅香特意问了这住房的事。

成德安详细介绍说："我们这住房叫土楼，因为福建独有，也叫福建土楼。因为住户都是客家人，所以又叫客家土楼。早在宋末元初，我们的祖先从中原南迁而来，就选址砌基建了这样的土楼。"成德安说到这儿笑了，接着说："看来我们的祖先很有智慧，居然'创造'和'发明'了这样的土楼，实用价值主要有三点：第一，防卫功能。从外地迁来，人生地不熟，可防御兵匪干扰、抢掠。因为土楼坚固，大门关紧，外人莫入。第二，一族人聚居在一起，相互友好地帮助，增强了团结。第三，节约了土地。"

成德安说："因为土楼有很多好处，自宋元以来，发展很快。由早先的正方形、长方形，到现在的圆形，美观大方，采光又好，我们当地人都喜欢建土楼、住土楼。"

梅香禁不住说："我看土楼好，我要是能住上该多好。"

星魁见梅香真心喜欢土楼，有些跃跃欲试，便问成德安："土楼是怎样个建法？"

成德安笑了："你要建土楼？"

星魁指着梅香说："我看你弟妹很喜欢土楼，就有意修建，不过目前不行，也许以后……"

成德安见星魁对梅香一片情深意切，深受感动，便说："心想事成，祝你成功。我这里有个小册子是专讲土楼的历史和建筑方法的，就送给你吧。"说着便从衣柜上的小箱里取了本小册子，送给了星魁。

世上的事真奇怪，这本小册子竟然派上了用场。

星魁对梅香说："拆掉旧房盖新楼，咱们要建土楼，像成德安家的土楼一样。”

梅香听了星魁的话，抱住他哭了，说：“星魁，那次在福建成德安家，我只说我喜欢土楼，可你就记下了，今日居然说要建土楼，让我怎样感谢你？星魁，你真好。太好了！”

星魁说：“一家人不说两家话。我有什么好？还不是你好？照顾你的向往，是应该的，我愿意。再说，现在建土楼，是时候了。”

就这样，躺在土炕上，小两口商量起了建土楼的事。梅香又问了一句：“有必要吗？”

星魁说：“有必要。成德安的先祖南迁时建了土楼，咱们是北迁人，也应当建土楼。土楼不是有三大好处吗？防卫、团结……”

梅香连忙插话：“咱只有两个儿子，担心他们不团结吗？还住土楼？”

“不”，星魁说，“不仅仅是两个儿子，你还要给咱生十个八个儿子，还要娶媳妇生孙子，把一座土楼住得满满的。”

梅香推星魁一把，说：“你野心真大，还要生！生那么多，当皇上呀？”

星魁抱住梅香，说：“我就是皇上，你就是皇后，咱要生许多龙子……”

6

星魁把他和梅香商定建土楼的事给辛庆余讲了，并将他画的草图和朋友成德安赠予的土楼建设小册子请辛庆余看了。辛庆余沉默了一会儿，哈哈大笑后慨叹道："大千世界，无奇不有，居然有如此独特别致的住房。我这把年纪，不但没见过，连听都没听说过。建这样一座土楼，需要一大笔银子吧？如果你钱不够，我有。"

星魁笑着说："爹，你甭操心，银子够用。"

孙氏说："干这样的大事，可不能客气。"

"妈，不客气！不客气！"星魁说。

站在一旁的大翠对星魁说："哥，你真行，要建土楼！等土楼建好了，一定会轰动四乡八镇！"

小翠说："人家会说，月亮湾来了一家安徽人，能耐可大啦，把福建土楼都搬来了。"

一句话把大家逗得都笑了。

孙氏对星魁说："既然要盖新楼了，就叫梅香和娃都搬过来住。你们一家就住咱东厦屋，炕和锅灶都有。"

辛庆余说："那小锅灶能成？等开了工，木工、土工一大帮，有多少人吃饭？得在院角搭个席棚，盘两口大锅灶。"

大翠说："等开了工，两家人不用分灶，都在大灶做饭，吃大灶。"

小翠很高兴，说："那可热闹了！"

孙氏说："就是的。要蒸馍，要炒菜，要做饭，大翠、小翠你俩可不能偷懒。"

大翠说："没问题。还有我梅香姐呢。"

小翠抱住孙氏的肩膀说："只要你一声令下，谁敢不动？"

孙氏说："去！"

这一会儿，辛庆余没吭声，他在思索大事。是啊，事不少，要周密安排。他说："星魁，你初来乍到，人生地不熟，建土楼是大事，你不要太担心，也不要多操心，这事就交给我，我代你挑担子。"

孙氏笑着插了一句："你能挑动这么沉的担子？"

辛庆余没应老伴的话，给星魁说："世上有句俗话，一个巴掌拍不响，用文话来讲，叫孤掌难鸣。众人拾柴火焰高，其实这担子我一个人也挑不起，我有个朋友……"

7

辛庆余有个朋友叫赖春风，是位疏财仗义之人。他是邻县柞水红岩寺镇人，36岁，和辛庆余是忘年交。那一年，辛庆余去红岩寺出诊，看完病刚走到街头大路口，被一个小伙子挡住了。小伙子文质彬彬，说他母亲肚子鼓胀，整天不吃不喝，请了几位郎中看过都无济于事，甚至说无可救药了，就想请辛庆余去瞧瞧。辛庆余心想，几位郎中都看不好，我有何法？但看在小伙子急切悲虑的份上，心一软，就去了。辛庆余看过病，从包里取出一根三寸长的银针，用烧酒擦洗一番后，便往病人的鼓肚刺去。当银针拨出时，那鼓肚就扁瘪了。辛庆余将赖春风的母亲从阎王殿里拉了回来，赖春风感激涕零，和辛庆余成了忘年之交，他说："辛大叔，日后有啥需要帮忙的，只要你招呼一声，我两肋插刀，在所不惜。"

赖春风的大名还是辛庆余给起的，他原先叫狼娃。辛庆余说："你这人粗中有细，讲义气又知恩情，是让人喜欢和信赖的人，并不是狼。春光和煦，暖风习习，索性就叫春风吧。”

赖春风总是喜欢哈哈大笑，乐观大度，春风拂面，谁都愿跟他打交道。

赖春风有个哥哥，不到40岁就病死了，临死前躺在炕上叮嘱弟弟说：“狼娃，我不行了，老天要命，可我实在丢不下你嫂子，还有你那四个侄子，他们全靠你照看了。”说罢眼一合、头一歪就死了。

埋葬了哥哥以后，有人议论这一家孤儿寡母的咋过呀？那小媳妇还不如改嫁了好。

赖春风（当时还叫狼娃）一听，担心嫂子改嫁以后，四个孩子就没有了妈，这一家人就散伙了。一天，全家人都在场，他跪在嫂子面前，说：“老嫂比母，我一定伺候你，你不能走。咱合伙把几个娃养大成人，让我哥在九泉之下也放心。”说罢号啕大哭。他嫂子哭了，几个侄子哭了，全家人都哭了。嫂子说：“我不走（改嫁），你放心。”

嫂子不改嫁是好，可几个娃和一大家人，日子咋过呢？赖春风除了种几亩地外，就担挑子把甲地的货物担到乙地，把乙地的特产又担回甲地。以此赚钱，也算正经行当，有一次却出了事。

那年夏天，赖春风挑一担火纸去镇安县卖，经过乾佑河时，因上游下暴雨而发大水。洪水滚滚而来，他艰难地趟着水往对面去。恰在此刻，一个大浪扑来，裹挟着一个人，那人惊恐万分，已喊不出声。赖春风大吃一惊，这可如何是好？他意识到人命关天，救人要紧，就什么都不顾了，撂下货担任水冲去，马上去救人。这时，那人已被大水冲走好远，好在赖春风身强力壮，儿时就在红岩寺街后的大潭里游泳，水性很好。他三搏两击扑了过去，终于把那人救上了岸。原来，那人是走亲戚返回时刚到河心，就遇到了洪水……而且，此人非等闲之辈，他是当地一位德高望重的大绅士，名叫阮伯良。阮伯良早听人说红岩寺有个替兄抚儿的人叫赖春风，这次又弃货担救了自己，心中万分感激，就把赖春风领回家款待一番，强留他住了两天。临走时，阮伯良给了赖春风一大笔银子，可赖春风不要，笑着说："咱们相见是一种缘分，也是老叔你平时修行的结果，我早就听闻阮善人的美名了。至于我那一担货，权当敬奉龙王爷了。哈哈……"

就这样，赖春风硬是谢绝了阮伯良的好意，只身走了。此后，到了十月间的一天，赖春风正在家中询问大侄、二侄读书的情况，大门外有邻人喊："春风，你家有贵客来了。"

赖春风出门一看，真有些受宠若惊，原来是阮伯良来了，身后还带着一个伙计，挑了两笼礼物，是点心、糖果等食品，还有四套衣服。一套男服是给赖春风的，三套女服是给他娘一套，嫂子一套，媳妇一套。

显然，阮伯良是专程来感谢救命恩人赖春风的，"狼娃救大绅士"的事迹一下子传遍了红岩寺街，街坊邻里都引以为荣。

阮伯良离开之前，对赖春风说："给你银子，你不要。可我看你实在需要银子，眼看几个侄子都大了，要盖房娶媳妇……干脆，你给我干几年活，我给你开工钱。"

赖春风笑了，说："叔，我给你干啥活？干不了吧？"

阮伯良也笑了，说："能，能干了，保你能干了。"接着就把他的事说了。

阮伯良家有一个地方叫驴耳川，是一条百十里长的川道，两边山上都是松树、橡树。川道里是良田沃土，住着53户人家，全是阮伯良的佃户。阮伯良说："既然是咱的佃户，就像咱的弟弟、孩子一样，要时常关怀他们、保护他们，让他们安安全全种庄稼、过日子才好。可我离得远、人又忙，一年到头去不了驴耳川几次，让他们孤单单的总有些不忍。你代我住在那儿，他们有啥难处，有啥跌脚趴滑，想办法帮帮他们，让他们也觉得有个靠头。"

赖春风想了想，说："只要你觉得安排个人去驴耳川有必要就行。"

阮伯良见赖春风答应去了，就讲了工钱，数目不小。他实际上是用此法报恩。

阮伯良还说："你可以在那向阳的坡底选块场地，从山上砍些橡树搭架务木耳，成熟后卖到省城去。那里有我的熟人，到时他们来取货、交银子。"

赖春风在驴耳川干了几年，比他受苦受累担惊受怕卖货强好多倍。他给四个侄子都娶了媳妇成了家，嫂子为此流着泪说："狼，我昨夜梦见你哥了，说他终于放心了，他永远感谢你。"

赖春风在驴耳川干了多年，和此地人相处得非常好，可以一直干下去。但他想，世上的钱能挣完吗？就给阮伯良物色了人，让佃户相福仁顶替了他的角色。当然，相福仁的工钱比他少，为东家节省了一大笔开支。

赖春风回家后，在自家临街的前房开了个小铺子做买卖。用赖春风的话说，他不为挣钱，只为了有事干。赖春风有了闲情逸致，便捧本唐诗或者元曲，在铺子里哼哼唧唧：

自别后遥山隐隐，
更哪堪远水粼粼。
见杨柳飞绵滚滚，
对桃花醉脸醺醺。
透内阁春风阵阵，
掩重门暮雨纷纷。
怕黄昏忽地又黄昏，
不销魂怎的不销魂？
新啼痕压旧啼痕，
断肠人忆断肠人。
今春，香肌瘦几分，
缕带宽三寸。

(王实甫《十二月过尧民歌》)

有一天午间，赖春风正在铺子里休息，好朋友辛庆余来了。寒暄几句之后，辛庆余就讲了义子张星魁建土楼要请赖春风当大总管的事。赖春风是痛快人，满口答应。

辛庆余有点怀疑，说：“那你这铺子咋办？”

赖春风指着端上来饭的妻子说：“有她呢！”

吃完饭，赖春风想了想，“叭”地一拍大腿，对辛庆余说：“叔，你说这世上的事怪不怪？但凡好人有事，尽遇上好人呢!"

辛庆余拈着胡子说:"物以类聚,人以群分,好人爱好人,所以好人有事就净遇上好人。"他说到这儿,问赖春风:"你为啥会有这通发问?"

赖春风这才说,为阮伯良在驴耳川办事时,有一个佃户叫李志兴,是从江西迁来的,他们关系挺好。一次,他说到福建土楼,说他一个亲戚建土楼时他参与过。

辛庆余发现了"新大陆",忙问:"李志兴当真会建土楼?"

"会。"

"那可是非常精密的。"

"精密?农家的织布机精密不精密?"

辛庆余说:"农家的工具里头,数织布机最精密,有仝子、架子、滚子、踏板……部件多得数不清,要不然谜语咋把织布机比作一座城呢?说城中坐个女倌,脚一踏,手一扳,旮旮旯旯都动弹。"

赖春风说:"构件繁琐、复杂的织布机,人家李志兴一看就能做出来。"

"一看就会做?"

"是的。李志兴乍到驴耳川的时候,人们知道他是木匠,就有人请他做一架织布机。他要看看此地织布机的样子,那人就把他领到山背后的徐家院看了人家的织布机,他仅伸展拇指和中指量了量各部件的高低、长短,脑子就记住了。他回去后果真做了一架漂亮的织布机。你说,建土楼比做织布机还难吗?"

辛庆余说:"建土楼肯定比做织布机容易,没有那么多细部件，都是粗线条。”

就这样，建土楼就由赖春风总负责，请木匠高手李志兴当技术指导，并请了他的13名徒弟。赖春风还从红岩寺及周边请了一伙墙匠、泥坯匠，扛着工具，背着铺盖卷，浩浩荡荡来到月亮湾。他们在几户人家搭了草铺住下来，开始砍树、备料、挖地基……

李志兴话不多，是心中有数的人。他问了张星魁要建土楼的层数、间数、高低、大小之后，默算了一下，就在场地上丈量一番，定了直径、周长，画了线。接着，让墙匠带人照线挖地基……

这一头安排好了，李志兴就和他的徒弟量尺寸、画线，叮叮梆梆做起木工活……

赖春风时而在土楼基地上看看，时而在木场上转转，和工匠们嘻嘻哈哈、说说笑笑。他见多识广、乐观大度，常讲一些社会新闻、奇闻逸事，干活的人听了都很高兴。

辛庆余把大事都交给好朋友赖春风办，他显得很轻松，有人请他看病时他就去了……

张星魁是主家，更显得无所事事，整天悠悠闲闲。有时，他主动帮木匠干些活，用屁股压着横放在两个“三角”上的圆木，不让圆木滚动，供木匠去锛，去锯……

最忙的要数孙氏、梅香、大翠、小翠，她们要和面、发面、擀面、蒸馍，要择菜、洗菜、切菜，还要烧锅，满院炊烟起，香气扑鼻来……

老大、老二两个孩子觉得热闹，十分兴奋。老大牵着老二的手走到揉面的大翠身边，叫道：“大姑姑，给我们一疙瘩面，我们也要揉。”

他们能揉啥面，还不是捣乱？梅香说："你俩小，还揉不了面，等长大了揉。"又说："老大乖，领弟弟到外面玩，看木匠爷爷干活去吧。"

老大听话，便带着老二来到木场，看木匠们像用镢头挖地似的锛木料，白花花的木屑乱飞。李志兴很担心老大、老二站在那，飞舞的木屑伤了孩子怎么办？就给他们说："快回屋去，热蒸馍出锅了，让你奶奶给你俩一人一个大蒸馍，热蒸馍好吃。"

老大、老二仿佛成了不受欢迎的人，就只好又回屋。回屋后看到惊人的一幕，他们的妈妈正把住墙弯腰在呕吐，十分难受的样子。老大、老二很害怕，哭了似的叫道："妈妈，你咋啦？"

在一旁忙活的大翠、小翠不吭声，只是偷着笑。孙氏把两个孩子拉到一边，悄悄说："你妈有喜啦，要给你们生小妹妹了。"

老大和老二不知听懂了没，都睁大了眼睛……

也是天公作美，一直没有下雨捣乱，数月来经过几十名工匠有条不紊的辛勤劳作，一座高大雄伟的四层土楼终于在秦岭深处的月亮湾耸立起来了。这在北方独一无二、绝无仅有，附近的男女老少都来参观……

土楼的门是疙瘩杨树解枋板做的，结实如钢铁一般。一进大门，是偌大一个圆形天井，中间一个花墙围的水池。池中一座假山，有红鲤鱼在池中游来游去，怡然自行，透着闲适。

一楼的正北三间叫"追远堂"，里边敬奉家神，实际是祠堂。祠堂左边一间敬奉财神爷，右边一间敬奉药王爷。其他的房间，有药材收购店、粮食收购店、百货店，还有账房、灶房、染坊、骡马店等。张星魁在安徽老家是做生意的，来到月亮湾后自然也是做生意（20多亩地，请了两名伙计耕作），商号名字还是万盛恒。

二楼、三楼住人，四楼有他用，不必细说。

月亮湾本是秦楚古道的一个点，日夜过往的挑夫、驮队、行人络绎不绝。他们看见那座雄伟建筑，看见大门上面“张家土楼”四个大字，无不称羡，声名愈传愈远……

二月二龙抬头那天，是星魁家的乔迁之喜，也是万盛恒开业的日子，双喜临门。贴对联，挂红灯，披红彩，放鞭炮，里里外外，都是客人。建土楼的工匠们带着老婆、孩子来了，本村人来了，辛庆余熟人多，一听说其义子今天过大事，从一条条沟沟岔岔的山路上都来了。这么多人，总要有个主事的。赖春风运筹帷幄，安排得井然有序。

赖春风很有才能，对人也极为赤诚。在双喜临门的第二天晚上，星魁在土楼二楼的客厅备了酒菜，由义父辛庆余作陪，盛情招待赖春风。酒过三巡之后，星魁问：“赖先生，你知道我为啥留你不要走吗？”

“不知道。”赖春风说。

星魁说：“我有重要事情对你讲。”

赖春风一阵诧异，问：“啥事？”

星魁哈哈一笑，说：“我想请你当总管，管理万盛恒。”

赖春风笑了：“这么大的事，我管得了？”

辛庆余说：“我和星魁商量了多次，你一定能行。再说，阮先生给我说过，你是个好管事的！”

赖春风看推辞不过，就答应了。他对星魁说：“张老板（从此以后他叫星魁为张老板），那你就教我徽商之道，让我好好学学。”

星魁笑了，说：“我在商场滚打多年，师傅只告诉我两个字——诚信。生意人不当奸商，以诚信为本，就是大道。”

“是，是。”赖春风连连点头。

万盛恒生意红火，山民们背着背笼、掮着布袋，把上山挖的中药材都送来了，有柴胡、红参、葛根、天麻等。万盛恒的伙计们，有的装袋，有的打包，一驮驮送到商州城，又装船运往汉口。

卖过药材的山民，走时又从铺子里买了各种日用品，以及杈把、扫帚、镢头、木锨、牛笼嘴……

染坊里很忙，一个个客户拿了家织的白粗布来，有的染月白，有的染单蓝，有的染双蓝，还有染印花布的。柜台上过秤、收钱，染匠们分门别类地在瓮里染色，门口高架上晾了一绺绺各色布如经幡，分外好看。

还有，客店开起来了，骡马店开起来了。差不多每晚歇店的挑夫二三十个，骡马一二十匹，偶尔还有三两匹骆驼。

赖春风原本将账目也扛在肩上的，但业务量实在大，他忙不过来，征得老板星魁的同意，从蓝田县葛牌镇聘请了一位账房先生，专管账目事宜。每天夜深人静，账房里算盘不住响，噼里啪啦，满土楼的人都听得到。生意行里有一副流传广泛的对联，用来描写万盛恒的盛况，毫不过分，即：“生意兴隆通四海，财源茂盛达三江。”

然而，好日子像火焰一样正红红火火时，却出了一件祸事，梅香病了！

8

梅香生了第三个孩子，还是男孩，就叫老三。老三白白胖胖，没出月时，一逗他的脸蛋，就不禁手一刨，脚一蹬，咯咯笑。然而，梅香却脸庞消瘦，心情沉郁，笑不起来，因为她生病了。起初她觉得浑身困乏无力，没有一丝劲儿。后来，老三要吃奶，却没有了奶水。孩子叼住乳头吮吸时，她觉得隐隐作痛，用手一摸，暗吃一惊。她儿时就听说过这种病，一个婶娘就得了这种病，民间叫奶花。一听说梅香得了奶花，别人无不遗憾地说："唉，瞎瞎病呀！"此病就是后来的乳腺癌。梅香的病越来越重，早没有奶水了，老三哇哇地哭，就给喂面水喝。渐渐地，梅香连娃都管不了了，就委托大翠管。大翠心好也心细，就给幼小的老三洗尿布，一勺勺喂他吃面糊。后来，梅香连看孩子的力气和心思都没有了，大翠就索性把老三抱回自己家喂养，夜里搂着老三睡。大翠心软，一看老三才四个月，他妈妈就病成那样，禁不住一滴滴流泪，泪水滴在老三脸蛋上，老三还笑。唉，可怜的孩子啊！

由于梅香病情严重，老大、老二就都去辛家吃住。小翠主动替孙氏分担，给孩子盛饭、洗手、洗脸，有时晚上还抱着孩子睡。

梅香知道因她得病给孙氏母女添了很多麻烦，心里实在过意不去。一天中午，孙氏又来看她，躺在床上的她不禁拉住孙氏的手，哭道："妈，瞧我这病，把你娘们劳到啥时呀！"

孙氏也哭了，说："女儿啊，说这话做啥？一家人，应该的。你要好好养病，会很快好的。"

"妈，你看我这病，能好吗？"

孙氏说："咋不能好？你年纪轻轻，有抗头，定会好。昨夜我做了个梦，梦见咱俩上太平山摘勺叶，我跌了一跤，差点儿滚下崖去，你拉住了我。你心地好，得了个小病，怎能不好？谁不生病？别胡思乱想。"

梅香苦涩地笑了，说："妈，你真会说宽心话，我觉得病轻了许多。"

其实，这是心理作用。辛庆余每次给梅香看过病，回家总对孙氏说："我看梅香的病，唉……太年轻，人又那么好，唉……"

孙氏说："你给娃好好治么。你可是方圆几百里的神医。"

辛庆余叹口气说："可惜先生能看了病，看不了命啊！"

时间一天天过去，梅香越来越觉得她的病不行了。这天晚上，她给睡在身边的丈夫说："咱从安徽远远来到这里，只见月亮湾山好水好，在此建了土楼，生意很红火，正过好日子呢，可我……老天不睁眼，我又没恨人、害人。唉，咱的娃还小，老三才几个月，我丢不下他们，也丢不下你。你脾气好，心思好，知识多，懂道理，可让我把你丢在半路上，我心里难过啊。"她说到这里哭了，泪水长流，难以自己。

星魁伸手轻轻给梅香擦着泪，心如刀绞一般，流着泪对她说："是啊，咱从安徽搬来没多久……梅香啊，我对不起你……”

星魁的父母病故后，他就辍学回家了，日子过得不像日子，一个人连饭都不会做。这当儿，村里一位老伯见小星魁可怜，就介绍他去城里万信成商行当小伙计，就是扫地、抹桌子、干杂活。小星魁聪明好学，后来竟给万信成当了记账先生，还干得利利索索，连客户也夸赞他“小小年纪真能干”。此时，万信成老板的大小姐金梅香爱慕起“小先生”来，两人秋波传情、难舍难分，决意喜结良缘。可金老板老两口不允，星魁一无所有，把女儿嫁给他不是受罪吗？连小妹妹当初也对梅香说，她是嫁到老虎沟喂老虎，因为星魁的老家在穷乡僻壤的老虎沟。不过，梅香已经决定了，尽管她是文静姑娘，却很有主见，当机立断。可怜天下父母心，梅香与星魁结婚后，父母给了她一笔银子，让他们回老虎沟盖房买地过光景。可星魁已爱上了经商之道，小两口一商量，就用那笔银子在镇上做起了生意，而且很快就发了，也有了字号——万盛恒，后来又来陕西发展。可是，现在……星魁宽慰梅香说：“你的病不要紧，吃几服药就会好。你要想开些，谁不生病呢？”

但是，梅香深深感到，她终究躲不过这一劫了。她对星魁说：“你不要说了，我啥都知道。对你，说到底，我还是放心的。你遇事沉着、冷静、主意多，但我还有话给你叮咛，不管到啥时候，都要供娃读书。书是前人智慧的结晶，要是不读书，就不懂人生、世事，跟虫儿、鸟儿一样，光知道觅食。这是我的认识，请转告孩子们。你还很年轻，不到30岁，我不在了，你定要再婚。不要着急，一定要把人看准、找好。不能要狭隘自私的，好吃懒做的，对人刻薄的。一句话，首先要慈悲善良，要有同情心。没妈的娃可怜，万不可虐待他们……”

梅香说到这里，实在说不下去了，悲泪横流。星魁也哭了，他明白梅香什么都知道，不用他再多说了，更不用他表态，比如一定照她说的办等。那样就表明了一个事实（她不行了），把那事实压在心里还好受些，如果说出口了，岂不是五雷轰顶，立即要人的命吗？星魁不知怎么办了，他实在舍不得梅香紧紧抱住了她。

梅香还叮嘱了星魁一件事，以后让星魁有闲工夫时，一定要去安徽老家，代她到坟上祭奠她父母。梅香说到这里，戛然而止，太伤感了，可……

那些日子，梅香对来看她的辛庆余夫妇说：“爹，妈，以后麻烦二老照顾仨孩子，他们太小了，不懂事……”

又一天，大翠、小翠来看梅香。她们站在床边，看到梅香形容枯槁，情不自禁地伤心万分，泪流不止……

躺在床上的梅香反而笑了，尽管笑得很苦涩，她说：“好妹妹别难过，姐姐寿限到了，去那边享福呀。只是，我舍不得两个妹妹，多好的妹妹呀。我跟你们在一块儿的日子太短了。”她的眼眶滚出了两颗泪珠。

大翠、小翠哭了，一人抓住梅香一只手，分明在说：姐姐，你别走！她俩记得，第一次见梅香时，她怀里抱着老二，虽然被雨淋湿了衣服和头发，像一副可怜相的“叫花子”，但能看出她年轻、漂亮，眼里透着和气。人们说，她姊妹俩是月亮湾的仙女，其实梅香姐才是真正的仙女，瞧那水灵灵的眼，弯弯的眉，白白的牙齿，红红的唇……后来，梅香姐教她俩滚元宵、打糍粑，教她俩绣鸳鸯戏水、梅开二度的花样，还同她俩一起背唐诗："两只黄鹂鸣翠柳，一行白鹭上青天""花开堪折直须折，莫待无花空折枝"……梅香姐当时特意吟诵了贺知章的一首诗："离别家乡岁月多，近来人事半消磨。唯有门前镜湖水，春风不改旧时波。"谁料想，梅香姐现在……

梅香强打精神说："二位妹妹，念咱们姊妹一场，日后不管你俩出嫁到哪里，都不要忘记三个侄子，经常回来看看他们。老大、老二、老三娃，可怜啊……"

姊妹三人哭成了一团。

梅香终究走了，她咽气的时候天刚蒙蒙亮，跟前只有星魁和老大、老二两个孩子（老三小，大翠搂着睡）。两个孩子抱住他们的妈妈，哭得撕心裂肺。

梅香在病中，以及她走了以后，万盛恒的生意没有受太大影响，全由赖春风带领一班人运转着。

梅香走了以后，星魁一直从悲痛中走不出来。天黑了，他拿着一卷纸，来到后沟坡根，在妻子的坟前一张张焚烧。纸烧过了，黑纸屑都不飞了，山坡静悄悄，后沟静悄悄，可他站在坟前，还不肯回去。辛庆余、孙氏由女儿扶着来看他，赖春风也来看他，都担心他想不开，出啥事。星魁说："我没事。我只是心里难过，梅香吃苦耐劳、含辛茹苦，陪我走了那么远的路，来到月亮湾，定居下来，一切都好了，可她走了。她一个人孤零零地睡在这野地里，我实在不忍心，想陪陪她。"

多么悲戚，众人都流了泪。

辛庆余说："你还年轻，有孩子，有生意。你要知道，此刻梅香希望的是你振作起来，顶天立地。"

孙氏说："是的，是的。你要放宽心。"

赖春风说："事已至此，节哀顺变。"

这当儿，刮起了风，树叶哗啦啦地响。

那仿佛是梅香在说，我好好的，你们别操心，都回去吧！

9

辛庆余非常担心星魁的身体，他万一有个三长两短，该如何是好？孙氏建议说："快给娃配儿服药，调理一下身体，要不……"瞧一眼在院中玩耍的老大、老二，辛庆余说："我也是这样想的。"

辛庆余抓了10服药，一服药喝三遍。药是孙氏让小翠熬的，她对小翠说："你姐管着老三，你没事就给你哥熬药吧。瞧他那样儿，恍恍惚惚的。"小翠没吭声，就认真熬起了药，心想：人咋瘦成了那样，唉……

服完10服药以后，星魁有了精神，身体好多了。他想，真对不起义父一家人，梅香生病的前前后后，以及她走了以后，他们辛劳坏了，也悲伤透了。这一天，他差人去杨斜街肉铺割了肉包饺子。以往辛庆余家吃的饺子都是素馅儿，自从星魁他们搬来以后，基本就包肉馅饺子。小翠第一次吃肉馅饺子时，就尖叫了："啊，真好吃！"

这天吃饺子时，辛庆余、孙氏见星魁吃得很香，禁不住高兴起来，心想他到底年轻。辛庆余对星魁说："生意上的事，你别操心，赖先生管得很好，办事认真，点子多，又诚实。你每天吃了饭，上周围山上转一转，高山、树林是强身、健体、益脑、安神、慰心的良药。"其实星星魁很喜欢游山玩水，安徽老家哪座山他没登过？哪个湖他没游过？

星魁听了义父的话，就登山了。他天天外出，几天时间把月亮湾方圆的山山岭岭都登了，比如灯笼山、帽盖山、玉皇顶、太平山……太平山挺高，那崖畔还有一孔天然山洞，高高的地方悬一个黑窟窿——太平洞。此时，星魁根本想不到，此后他和他的一代代后人在“太平洞”中演绎了一个个动人故事。

山水的确能使人获得健康，获得新生。星魁彻底恢复了，他仔细看了账目，听了赖春风的详细汇报，颇为满意。星魁吩咐赖春风回家看看：“这一段日子，你太劳累了。”赖春风说：“没啥，没啥。”见老板执意要他回家看看，便带上老板给的红糖和点心等食品，下午就起身了。回家路不远，翻过鸡冠岭，顺着谷道而下，走10多里路就到红岩寺镇了。星魁本叫赖春风在家住几天的，可他第二天早饭时就来了，说：“万盛恒的事情多，我怎能抽开身？一觉醒来再也睡不着，就起床摸黑来了。好在是熟路。”

赖春风说着笑了。

星魁很感动。

星魁想把老大、老二带回土楼来，晚上他和两个孩子一起睡，可他俩都不肯回来，说他们就要跟姑姑睡。

多日来，老大、老二一直跟大翠睡。尽管大翠晚上抱着老三睡，让老大、老二睡在另一边。要叫老大、老二起床尿尿了，大翠就用脚轻轻蹬蹬他们。孙氏说：“娃习惯了，大翠也爱娃，领他们睡几个月了。”

梅香的百日早过了，人们劝星魁说："她走了就走了，永远地走了，不回来了。你还年轻，要另打主意，快找个人吧。"辛庆余、孙氏，还有赖春风，都这样说。

梅香乍去世时，星魁决意再不娶了，把三个孩子养大成人。但他渐渐地意识到，长此下去必然不行。不说别的，总麻烦辛庆余一家人怎么行？三个孩子在他们家吃住，连缝补洗涮都全包了。他早就想好了，先给每人做一套新衣服，再什么时候去西安城，看有什么适合他们的东西，就买回来吧。若给银子，他们肯定不会收，反而会把关系弄僵。当然，星魁还想到，大翠、小翠两个妹妹的恩情容易报，待她们出嫁时，给"添箱"好了。但是，辛庆余、孙氏年纪大了……星魁想，不管咋说，当务之急是再婚，然后把孩子接回来，就有人管了，又是一家人，也不麻烦人家了。

星魁要再婚的事传出去以后，许多人都争着给他介绍对象，有的已直接上门说亲了。

丰阳县城一个富户，听说万盛恒老板是安徽人，生意做得很大，家里很有钱，还住着土楼。据说福建才有土楼，可商州山区也有了，了不得！那富户听说万盛恒老板要续弦，不禁怦然心动，决计将自家黄花闺女嫁过来，就带上闺女坐着滑竿，来月亮湾相亲了。父女俩在媒人陪同下，一看到那高大雄伟的土楼，心里就定了六分。到二楼客厅一见张老板，十分惊讶，一表人才，年轻有为，又加了三分。那富户和媒人很高兴，互换了一下眼色，意思是能成！但是，当他们见到三个孩子时，姑娘先打了退堂鼓，把爹叫到门外，跺着脚说："走！快走！三个娃，那么小，我咋管?”

这桩婚事就这样吹了。

第二个相亲的是蓝田县许庙镇的女子，花枝招展，妖艳多姿，思维敏捷，口才流利，叫范石榴。她听了别人的传说，就骑了一头小毛驴边走边问来到月亮湾张家土楼，说明了来意。不管事情咋样，来的都是好心，都是客。星魁让范石榴洗了手、脸，让灶房端来饭菜，说：“请吃饭，你走远路，一定饿了。”范石榴用色眯眯的眼神瞧星魁一眼，有一股扑进他怀抱的强烈冲动。星魁见了，没动声色，只说：“请吃饭，请吃饭。”

吃过饭，拉了一会儿闲话，二人就转入正题。星魁说：“娃她妈走了，给我丢下三个娃，日子不好过呀。”

范石榴瞧着星魁，莞尔一笑，说：“再不好过也得过呀。像我，男人殁了以后，整整三年都打不起精神来，吃饭不香，睡觉不宁，人瘦了几圈。你别怕，待咱成亲后，一切都会好。”

星魁挺诧异，两人乍见面，啥也不了解，就说“成亲”?这范石榴，够大方！他笑道：“我三个娃还小啊。”

范石榴说：“小怕什么?一年小，二年大，总会大啊!”

“你不嫌娃小、娃多?”星魁明知故问。

“不不不!”范石榴说，不屑一顾的意思。

星魁想，真是一个人一个样，丰阳县那姑娘因为孩子多、孩子小，催着她爹幺财东连饭也不吃就走了，可范石榴，不怕“籽”（子）多。不过，星魁总觉得范石榴这人不一般，很有些让人不踏实的感觉。不踏实什么?说不清，谈谈再说吧。恰在这当儿，范石榴问起了万盛恒的生意，星魁便简要说了些。范石榴眼睛一亮，出了个主意，说：“今后你就享清福，把万盛恒交给我打理，生意行的事我懂。”

就这一句话、一个主意，范石榴已暴露无遗，原来她是冲着万盛恒来的。可惜，她没有城府，急功近利……

过后，星魁听人说，范石榴是放荡不羁的女人，她男人并没死，是被她一脚蹬了。蹬脱男人后，范石榴到处行骗，一天都没安生过。

幸运的是，星魁没有上当受骗，他对朋友说：“人只要不贪不占，把握住自己，就很难上当受骗。”

还有一回，九间房街道有位媒婆，给星魁领来一个姑娘，文文静静的，很腼腆。没等姑娘发话，媒婆就自作主张，说：“张老板，你看到了，这姑娘眉清目秀、百里挑一，是你的福分，也是你们张家人几辈修来的。”

星魁想笑，今天他算见识了，媒婆确有能说会道的七寸不烂之舌，可水能点着灯么？果然，过了一会儿，媒婆就给张老板想出了“好办法”，说：“我们街道有个牛富户，富得流油哩，可少了一样，无儿。我思量，你干脆把老大给牛富户，让娃享福去。老二给凤镇小炉匠马师，他有的是银子，可无后。老三让我表姐抱去，给你钱。”

星魁已知道了媒婆的“好心”，他想对那尖嘴猴腮的媒婆唾几口、骂几句。你还是人吗？我的孩子没娘了，你要让他们连爹也没有，让兄弟分离！你把我当成什么人了？为了续弦，我能做出那没人性的事吗？我知道，你这媒婆为了吃些、喝些，为了些小便宜，可以连人性都不顾，净给我出歪主意。你是小人，以小人之心度君子之腹，我不多怪你。为了钱，连脸都不要了，你……

星魁严肃地说："你的好心我领了，不要再说了。如果你需要钱，请张口。"

到了这步田地，还说什么呢？那媒婆领上姑娘走了，连饭也没吃。星魁最不允许，甚至最憎恨的，就是嫌弃和怠慢他的孩子。若要他将孩子送给别人，那是不可能的事！

不过，几次相亲未成，星魁心里难免有些伤感，还暗暗流过不少泪。有一次，天黑以后，他又悄悄来到梅香坟前，口中念念有词："你怎么忍心丢下我和孩子，自己一个人走了？"

不过，事情终于有了转机！

10

一天午间，太阳红彤彤的，辛庆余一家人出去了，星魁躺在义父、义母的炕上睡觉。睡在二老炕上，他感到坦然、安全，容易入睡。这不，他头刚一落枕，就呼呼酣睡了，什么烦恼也没有。他正睡着，忽觉面颊上酥酥的，仿佛有小虫在轻轻爬动。酣睡的星魁伸手一摸，并没有什么东西，却听到了咯咯的笑声。他纳闷了，睁眼一看，大吃一惊，一个姑娘正笑呵呵地瞧着他，刚才是她拿根小草枝轻轻地逗他。这个姑娘非别人，而是妹妹大翠。星魁坐起来说："你真贪玩，吓我一跳。"

按照此话题，可以继续说下去，但大翠没有这样做，她郑重其事地问星魁："你这一阵子忙坏了吧？"

星魁说："不忙。生意由赖先生打理，我是闲人。"

大翠扬声叫道："哟，还是'闲人'哩！我看，你比皇上都忙。"

星魁仿佛坠入云里雾里，怎么就比皇上还忙？

大翠说："怎不是？忙你的'三宫六院'呢。"

星魁这才明白大翠说话的意思，就把他最近相亲的事讲了一遍，接着说："我没想到，有些人那么狭隘、自私，甚至无情。就说那些女人吧，有的想谋我财产，有的要我把孩子送别人，有的……这哪是相亲？是要掠夺，是要鲸吞，是要挖人的心！"

大翠说："百人百性，林子大了，什么鸟都有，你责怪别人干什么？"

星魁连连点头，说："妹妹，你竟这样包容、大度，令人钦佩。"

"哈哈哈！"大翠朗声大笑，说："小女子能得到张大老板的夸赞，真乃三生有幸。"

星魁没吭声，静静地瞧着大翠，禁不住泪花闪闪。他几乎第一次发现，大翠如出水芙蓉一般好看，更不要说她那么明事理，是女中英贤。如果上天慈悲，赐我一个像大翠这样贤德又美丽的姑娘该多好！可惜，我没命没福！

星魁想到这里，不由自主地"哇"的一声哭了，泪流满面。

星魁这一举动，显然是大翠早就预料到的。她没有惊讶，反而泰然处之，像大姐姐一样，掏出手巾给他擦眼泪。

星魁心里一动，疯了似的紧紧抱住了大翠。

大翠依偎在星魁怀里，哭着说："哥，你知道吗？我盼了多少日子，才有今天！"

星魁和大翠的婚礼很简单，他们让人刷新了土楼二楼的房子，做了新被褥，添了几样新家具，还给老大、老二做了张小床。一张大床上睡五个人太挤，就让两个大孩子独立睡了。

他们没有待客，当天中午在辛庆余家吃了一顿饭，餐桌上有鸡、鱼，取吉（鸡）庆有余（鱼）之意，陪客只有赖春风一人。吃饭前，一对新人（衣服自然是新的）在赖春风指导下，给辛家祖先牌位磕了头、作了揖，也给辛庆余和孙氏磕了头、作了揖。从此起，辛庆余和孙氏名正言顺地成了星魁的父母。听，他们叫得多甜、多真挚，味儿比以往任何时候都浓："爹，妈，孩子向二老磕头了！"

星魁、大翠一起毕恭毕敬、虔心诚意跪在地上向二老磕头。

就在这当儿，只见调皮的小翠走上前去，两手把新郎、新娘的头往近一扳，轻轻"嘭"了一声！在场的人都笑了，不仅辛庆余老两口笑了，老大、老二两个孩子也笑了，现场气氛立刻活跃起来。

小翠不肯善罢甘休，强调说："新郎、新娘得给我磕头，我给你们发红包。"

听小翠叫磕头，要发红包，新郎、新娘自然不依，都站了起来。星魁没有说话，大翠有些忿忿不平，撇着嘴说："给你磕啥头？等你出嫁时，给姐姐、姐夫磕头才是应该的。"

仅听大翠说了"出嫁"二字，小翠就不服气了，说："羞羞羞，你光知道出嫁，我可不出嫁！"

孙氏说："真是一对活宝！"

"哈哈哈!"赖春风禁不住笑了。

接着是吃菜、喝酒，气氛融洽、浓烈，一顿饭吃得很香。

天黑了，四山如黛，谷道寂静。星魁和大翠拿着香纸来到梅香坟前，星魁说："梅香，我和大翠看你来了，我俩成亲了。"

大翠说："姐姐，你曾给我说，你放心不下孩子，让我不管嫁到哪里，都不要忘记你的孩子。我以前是他们的姑姑，现在是他们的妈妈。姐，我没有嫁到外边去，我嫁给了'没良心'。你不是常叫他（星魁）没良心吗?"大翠知道，那是梅香对星魁的爱称，嘴上说'没良心'，实际是指"有良心"。大翠现在竟也用上了"没良心"。

星魁见大翠在梅香坟前学梅香的样儿叫他"没良心"，就觉得这"没良心"有着无尽的意味。他情不自禁地就将那"无尽意味"移情到了大翠身上，他觉得大翠太可爱了，就势把大翠抱在怀里……

11

刚一结婚，大翠就转换了角色，成了张家土楼的内当家人，跟人说话时爽心朗语、落落大方，得到人们的赞许。知道情况的人说："张老板有福，真是妻命好，早上去个穿红的，中午来个穿绿的。"的确，星魁又有了浑浑全全、热热闹闹的一家人。

孩子已改口，把大翠叫妈了，这是大翠教孩子叫的。婚后第二天早上，吃过饭以后，大翠问："老大、老二，吃饱了没?"老大、老二拍着肚皮，说："姑姑，吃饱啦。”就是在这时候，大翠教孩子叫妈的。大翠把老大、老二叫过来，抱在怀里，说：“从今以后，不要再叫姑姑了，我就是你们的妈妈了，要叫妈妈。”

老大、老二很听话，叫道：“妈妈！”大翠应一声：“哎！”从此，孩子叫她妈妈了，很真诚，很自然。

当了妈妈的大翠，除了吃饭、玩耍外，就关心起孩子的穿衣了。大翠对星魁说：“你上街扯些里子布、面子布，再称些棉花，我给孩子们纳棉衣。”

星魁说：“还是五黄六月，怎么就纳棉衣？”其实，他这句话是故意问的，因为梅香就是早早给孩子们缝棉衣的。他问大翠：“你会么？”大翠一直念私塾，跟着父亲耳闻目染也懂一些医术，可这纳棉衣，她会吗？

大翠轻声笑了一下，说：“凑合。”其实，她是心灵手巧的人，早跟母亲学会了缝衣服。就说父亲那件合身的棉袍，就出自她之手。

星魁把布和棉花都买回来了，大翠就着手做起棉衣。她把老大、老二叫来，说：“妈妈要给你们缝棉衣了，要量一量你们的身高。”孩子们很高兴，端端正正站着，让大翠用皮尺量，在纸上用笔记……

大翠是行家里手，她把一张新苇席铺在地上，摊开布用白土蛋儿画线。接着，她手拿着剪刀，顺那白线儿铰了布，分开放着。然后，就缝纫，续棉花……

有时，小翠也来帮忙，比如老三那件小棉袄，就是小翠缝的。

孙氏也来过几次，她没有帮忙缝，只是看一看，说说闲话。

棉衣终于缝好了，让孩子们试穿。老大、老二向后退着说：“不，热死了，咋穿棉衣？”

大翠说：“不是让你俩穿，是试一下大小，叫妈妈看看，好不好？听话，听妈妈话。”

“听妈妈话”这四个字真管用、真灵验，老大、老二就试穿了棉衣。本是试衣，可老大、老二在妈妈面前要怪撒娇，穿上棉裤、棉袄不脱了，满屋子跑来跑去，到底是孩子！大翠费了一番口舌，孩子才将棉衣脱掉。

人呀，真有意思！有一天，在二楼卧室，大翠独处竟笑了。回想以前身为姑娘时，在娘家闲得没事干着急，可自从一结婚，仅仅从西院来到东院，整天忙得跟鬼吹火似的。这不，她思虑着该给孩子做鞋了，一人一双布鞋、棉鞋。当地人把棉鞋叫窝窝。大翠想，老三最小，给他做的窝窝要别样，即前头要扎花，扎得有鼻子有眼，栩栩如生，活灵活现，像猫又像老虎，人都叫老虎窝窝。大翠七八岁时去姨家吃筵席，见他们家一个亲戚的小孩就穿双老虎窝窝，十分好看。如今，大翠要给老三做老虎窝窝，首先就要有鞋样子，可哪里有鞋样子呢？大翠去问孙氏，说：“妈，我要给老三做一双老虎窝窝，哪里有鞋样子呢？”孙氏想了一会儿，说：“你二舅家四表嫂娘家兄弟媳妇她六娘有鞋样子，那人心灵手巧，啥鞋样子都有，在一本旧书里夹了厚厚一沓。”

“她六娘住在哪里？”大翠问。

孙氏说：“远着呢。住瓮河垴松树扒后边橡树垭的刘家院。”

“知道了。”大翠拧身就要去，却被孙氏叫住了。孙氏说："那松树扒常有野猪出没，你不能一个人去。"

大翠说："我不怕。"

孙氏说："别犟。你不怕，我害怕。"说着便向屋里喊："小翠，陪你姐去刘家院剪鞋样子去。"

大翠、小翠刚要出门，又被孙氏叫住了。她从柜里拿出一包点心给大翠，说："算是亲戚，空手咋能行呢？"

小翠掩鼻一笑，跟她姐姐去了。

成了家的大翠，就这样为家庭、为孩子忙碌着，往往还为店里干收货或记账的事。大翠忙而不乱，忙得高兴，也忙得骄傲，谁让她是张家媳妇呢！

就这样，大翠在内忙碌，星魁在外奔波，夫唱妇随。

这一带已是秦岭腹地，崇山峻岭、沟壑纵横，芳草萋萋、林木森森，山路蜿蜒、九曲八折，连接着一户户星散人家。这些日子，人们看见一个不到30岁的年轻人，足穿麻鞋，头戴草帽，穿林跨涧，翻山越岭，到一个个人家去，见了一个个人，渴了就喝，饥了就吃，黑了就睡。他很和气，跟山里人谈得来，人们把他当要好知己。他非别人，正是月亮湾万盛恒的老板星魁。

星魁居然有这样的闲情逸致，到处游山玩水？不，他有重任在肩。他远从安徽迁至月亮湾，成了这里的人，就应当熟悉这一带的山山水水、风土人情，与他们融为一体，建立深厚友情。他走了数天，收获颇丰。

密林中，山崖下，居然居住着一户人家。家里有五口人，除了小两口和父母，还有一个孩子。他们住的是草房，没有后墙，把雨水飘不到的山崖当作后墙。星魁一看房侧崖下，是一排排的牛圈、猪栏。这时，从东边小路上过来一只黄狗，汪汪汪地叫，主人说：“这是我们家养的狗，一早出去巡山回来了。”星魁一听笑了，狗还能巡山？真有意思。他对主人说：“你们这儿真是世外桃源，过得是神仙般的日子。”

“唉，啥神仙日子嘛！”老太太话多，就讲了他们的恓惶，说：“我们原本是‘要饭的’啊！”

“要饭的”三个字是名词，就是人们通常说的乞丐、叫花子。老太太说，他们本是河南人，本村一个恶人欺负他们，把房和地都讹去了，四处求告无门，因为恶人的一个亲戚在衙门当差。就这样，他们一路要饭来到陕西，就住在这里。正说着，老太太的儿媳给星魁端来一碗开水，他接过碗喝了一口水，对老太太说：“听口音，你儿媳不是河南人？”老太太笑了，说：“她是本地人。”

星魁想，还是古人说得好，哪里黄土不埋人？河南人来到这荒僻深山，不照样过日子吗？而自己，这个安徽人……

星魁走到一条山沟，蓦然抬起头，只见前边树林中有一股炊烟，袅袅上升。他有些诧异，不见房怎冒烟？信步走前去，才见端倪。原来，一棵古树下一堆巨大乱石相挨，支出一个偌大空间，只住了一户人家。主人是一位衣衫褴褛的驼背老伯。

星魁问：“老伯伯，你家咋住在这里？坡上树很大、很多，咋不盖房呢？”

驼背老伯说：“盖房？瓦从哪里来？匠人的工钱从哪里来？你别看这大石头支的洞到处是缝儿，却住了我们四代人了。”

星魁暗吃一惊，这样一个简陋的石洞竟能住人，而且住了好几代人，真是奇迹。由此可见，人的生存能力极强，条件再差也能生存。

星魁在这个难忘的陋洞中住了一晚上，第二天一大早吃了两碗糊汤煮洋芋，就告别了憨厚善良的驼背老伯，穿过林间小路，向高高的后岭攀去。

云在头上绕，雾在脚下飘。星魁站在高高的岭头上向北遥望，只见远处对面山巅的一块平台上住着人家。星魁下岭、跨溪、上坡，终于来到这个平台上，它有一个生动的名字：天池。四面高，中间凹下去，形成一个“池”。天池土地肥沃，住着10户人家，户户富裕。星魁和一个老头聊天，说：“真想不到，这么偏远的深山，还有这样一块宝地。”老头笑了，说：“别看这里是深山，富在深山有远亲！”星魁听得笑了，此言不虚。说话间，有个小媳妇端出一碗霜白花花的柿饼，老头说：“柿饼好吃，甜甜的，既充饥，又解渴。”星魁吃了一个柿饼，说：“真好吃！”用眼瞧一下小媳妇，只见她婀娜多姿，很有内涵。

星魁钻了七八天山沟，把月亮湾方圆10多里内的地方都走遍了，发现了许多奇异地方，见了许多人，说了许多话。原来如牛百叶似的山区就是大千世界，有沧桑、有世事、有人生，使他大开眼界，感悟颇深，收获甚丰。“我不虚此行啊！”他慨叹一句。

这次深山行一直存留在星魁的脑海里，他在晚年将这些记忆写成了一本《深山七日录》。这是后话。

前边说过星魁深山行的第一个目的。第二个目的可以说是“撒广告”，像如今街道上那一个个少男少女拿一沓沓花花绿绿的广告向人散发一样。400多年前的星魁到深山散什么广告?

那一天，星魁带人将收购的药材押运到城里去卖，一位朋友告诉他一个商机，说:“张老板，告诉你一门生意，保有银子可赚。”

“什么生意?”

朋友说:“开木头场。”

“木头场?”

朋友这才详细讲了，他说:“我发现，你们月亮湾一带山大沟深、林木茂盛，可老百姓苦于将木头变不成银子。你办个木头场，把木头收起来，运来城里，准卖大价钱。”

星魁一听笑了，拍朋友一下肩，这真是好项目。因为城里和城周围人多，盖房的人就多，但木头价格贵。而月亮湾周围山岭上有那么多松树，沟畔有杨树……

星魁回家和赖春风、辛庆余一商量，他们都说这是好事。主意定了，星魁就翻山越岭四处奔波，他一到人家家门口，见人就说:“我叫张星魁，是咱月亮湾万盛恒商行的老板，现在要办一个木场，请大家把木头掮到月亮湾来。”他详细讲了收购木头的长短、粗细等规格，以及收购价格。山民们一听很划算，高兴地说:“好事么，死宝能变活宝喽!”

星魁身先士卒，“广告”做得真好。

木场办在土楼前边，铲平了偌大一个场子。山里人一溜串儿掮着木头，从沟沟岔岔来到月亮湾。卖木头的人有男有女，有小伙还有姑娘。几个小伙一人掮一根松木椽，来木场卖了椽，往兜里装了钱，乐得合不拢嘴。有两个姑娘掮了椽来卖，问她们卖了钱做什么?一位脸红了，侧过了身。另一位说：“买红丝线，往鞋尖扎花呀。”问的人便说：“为出嫁吧？哈哈哈。”

不多日，大场里就有了一摞一摞木头。

在鸡冠岭下，还设有木头收购点。

顺月亮湾前的乳河逆上10多里外，有一座南北走向的山岭，在一条直线上形成两个疙瘩状的山包，远望如鸡冠，自古以来人们就叫它鸡冠岭，山上树木参天、郁郁葱葱。鸡冠岭的南北东西、沟沟岔岔、阴坡阳坡、坪坪洼洼都住着星散的人家。为了方便当地人卖木头，星魁就在老龙王庙斜对面设了收购点。老龙王庙在谷溪畔、高涧上，长着两棵牛腰粗的古柏树。老龙王庙斜对面，谷溪另一面，大路旁，古柳下，三间房，一个大场面，就是木头收购点。

上一次，星魁从鸡冠岭北山林中下来，顺溪走，猛抬头，发现古柏后有座古庙，他就去了。庙中的泥塑、壁画有数百年了，却依然栩栩如生，愈显得神灵灵验。星魁禁不住跪在草团上磕起了头。

星魁从庙中出来，四山闪出黑影，天已黄昏。他呆站那儿，一阵迟疑。此刻，对面人家一个老伯问：“你是月亮湾的张老板吗？”

星魁忙答话：“是，是。老伯。”

老伯把星魁迎进屋坐下，对他说：“我认得你，我去你那土楼卖过药材，一次背了一背篓柴胡，一次提了筐‘马婆蛋’……你是好人，秤上不亏人，价钱又合理。”

星魁笑道：“亏人造孽呢。做生意就要公买公卖，讲究‘公’，不能‘私’。”

正说话间，进来一男一女两个年轻人，既聪明又厚诚，一见就让人有好感。他们是老伯的儿子、儿媳，从地里回来的。

这一晚，星魁就住在老伯家里，饭后两人拉了许多家常。老伯问："你们安徽地方啥样？吃什么？都住土楼吗？"星魁一一做了回答。当说到土楼时，星魁多作了一些解释，土楼是福建XXX县所有，他的一个朋友就住在那儿。他去过，见到很喜欢，迁来秦岭深山后就建了。

老伯说："噢，是这样。可谁建得起啊！"

老伯的儿子叫石柱，一个结结实实的年轻人，专心听他爹跟客人拉话。星魁看石柱一眼，立即有个设想，就讲了出来："大伯，我看你家场面挺大的，在你家设个木头收购点，请石柱兄弟操办，行么？"

没待石柱答话，老伯就应承了，说："行么。鸡冠岭方圆跨三县，坡大木头多，早愁没处卖呢。石柱，你以后就给张老板干事吧。"

石柱说："我怕不行吧？干不了。"

老伯有些怒了："不要没出息。"又对星魁说："他行，一定行。石柱嘴里不出快，肚里却有环环，心里算账比打算盘还快、还准。"

星魁一听来了兴趣，也是一种考验，就报了个账。一斤花椒二厘六（银子），三斤七两花椒卖多少银子？要石柱算。

石柱几乎连想都没想，就报出了准确数字，说："银子九厘二，省去个小二。"

星魁心中佩服，哈哈大笑，直夸石柱是奇才！

老伯和站在小房门里边的石柱媳妇也笑了。

石柱不仅代星魁办起了鸡冠岭木头收购点，还帮星魁在城里卖木头。

卖木头之前要介木头，即用葛藤将木头10根一排捆绑在一起，码齐堆放。鸡冠岭收购点的木头，则一根根让溪水冲下来，到月亮湾前的乳河里再截留，同样用葛藤10根一排捆绑在一起，堆放在一块儿。待下过大雨，河里发了大水，众人七手八脚把木排放进河水里，向下游城南漂去。在城南乳河与丹水交汇处有个木头市，就近拖木排上岸，解了平摆在场地上任买主挑选。

一般来讲，冬春两季收木头，夏秋两季河里发大水时放木排、卖木头。放排时要请十个八个精壮小伙"护航"，当地人称之为"吆河"。吆河时喊号子，"嗨嗨……喂喂……"的号子声洪亮、悠扬，两边山上都有回声。

星魁见石柱麻利、有心眼、可靠，就让他常驻县城卖木头。家里收购木头的事就交给他媳妇巧云打理了，巧云是聪明而有能耐的小媳妇。

木头生意是好生意，星魁赚了大把大把的银子，却出了两件事。一次，六月间，响雷闪电，乌云滚滚，突然之间，暴雨来了，瓢泼一般。两个时辰以后，雨停了，四山起水，乳河里水涨了，汹涌澎湃。许多人站在河岸上看大水，不知谁说了一句"这水吆河最好。"星魁立即采纳了这个意见，组织人放排，吆起了河。

农谚说，白雨不过犁沟。10多里以下的杨斜一带并没下雨，一群牛悠哉悠哉地在河滩吃草。恰在这当儿，险情发生了，汹涌澎湃的水面上漂浮着拥挤的木排排山倒海而来，那些牛立刻被裹挟而去。牛们疯了一般扎起尾巴，三扑两扑才扑上河岸，但有一头牛大约因年老体衰而被木排裹挟住顺流而去。那牛的腿被木排拖折，肚子被木排戳破，河水都被染红了。这下闯祸了，一个愣头青扑上来，要求赔他牛钱。星魁问："赔多少？"愣头青说："100两银子，不赔别走人。"显然是在敲诈。

离村近，闲人多，围了一大堆。洪水奔流，木排漂去，吆河的人只好跟了去，留下星魁一个人，愣头青愈发胆大，要挟起星魁。星魁心想，光天化日的，你还敢讹人抢人不成？就说："我放排伤了你的牛有责任，你放牛没管好牛同样有责任，按理各担一半责任。一头牛十两银子，我应该给五两银子，但看在你不容易的份上，就给你十五两银子。"这愣头青不答应，他是此村的无赖。

见愣头青耍起了无赖，星魁发怒了，高声说："请你不要太过分！我张星魁从安徽来到陕西，什么事没经过，什么人没见过？你要是觉得这样赔偿不妥，衙门见！"

"不用去衙门！"随着一声喊，众人都让开道，从村里来了一个人。此人脚穿布鞋，拿根长把烟袋，浓眉大眼，"国"字脸。他叫高敬清，是一位德高望重的老者，在这一道川很有名气。吆河的一个小伙子称呼高敬清为表伯，他见愣头青耍无赖，就叫来了他表伯。高老者走到愣头青面前，伸出烟袋在他眼前晃了晃，说："没钱花吗？没钱花言语一声，叔给你。何必向张老板敲竹杠？人要是都以为咱村人见钱眼开，咱们的脸往哪儿搁？"高老者质问愣头青："你以为这条河是你家的？不，这条河是天下的，是大家的。你放牛把牛没管好，横穿河道挡住了水路，还讹诈别人？哼！看你娃可怜，养一头牛不容易，回头把我家那头大犍牛牵去好了。”

星魁走前去，对高老者说：“老先生，不麻烦你了，我给他买一头牛。”

高老者不答应，说：“张老板，叫你买啥牛？敝村民风不正，有人蛮横无理，老朽难卸其责，请多包涵！”

事情就这样结束了。过后，星魁带上礼物登门拜访高老者，二人成了忘年交。当星魁获悉高老者决不食言，真将自家一头牛给了愣头青时，心中无比感动，执意给了高老者二十两银子，说：“你老人家不收，就不够交情了。”

“这，这……”高老者手捧白银，看着星魁，泪花闪闪。

如果说愣头青一头牛索要百两白银属于人祸，那么秋天发生的事就纯属天灾了。

淅沥沥下了10多天阴雨，河里涨了水哗哗流淌，正是放排的好时机。星魁叫上一伙吆河人，烙了锅盔干粮带上，给每人发了两双龙须草鞋。丰阳县山坡遍长一种草，细长三尺，非常柔韧，编成草鞋穿，既结实又棉软。吆河时穿这种龙须草鞋很轻便，又不硌脚。每个吆河人拿上星魁发的龙须鞋，就地坐下立即穿一双，将另一双别在后腰以备后用，掮上镰竿走出了土楼大门。赖春风说：“让我去吆河。”星魁说：“我去。你招呼家里这一摊子。再说，整天淌水，你有风湿。”这是赖春风那年在乾佑河里救阮伯良时落下的毛病。

星魁出门到河边时，众人已将木排放到了水里，河面上漂了一层。在吆河人“哎嗨”的吆喝声中，木排鱼贯而去。

河水越流越大，流一段就有一条小沟、小溪或小涧的水注入。这倒好，河水大了，流速快，浮力大，利于吆河。瞧，木排在水面上此起彼伏，不在河边受阻，吆河人就不用镰竿去抓，只在岸边追赶木排。如此这般轻松、好玩，吆河人就相互逗起了乐子。一个叫毛驴的问：“猫娃，人都说你和那个漂亮媳妇好上了，真的吗？”猫娃不好意思回答，却被一个叫黄狗的小伙子接了腔：“这还用问？谁不知道?!”原来，猫娃是光棍，家门前的阴坡尽是松林，松林中只住了一户人家。这家有一个漂亮媳妇，嘴巴长得很俏丽，眼睛很妩媚，男人跑单帮，常年在外。所以，引起了好多男人的垂涎、觊觎，有事没事就往这家跑，把林中弯弯小路都踩光了。可漂亮媳妇十分自爱自重，门关得死紧，谁也打不开。甲长看上这漂亮媳妇，有一天从集上回来背了三升小豆，到这家硬把漂亮媳妇往炕上拉，并且说着粗话。漂亮媳妇唾甲长一口：“谁稀罕你的小豆？我跟月月姐那么好，怎能做对不起她的事？”

月月是甲长的老婆，甲长又是有名的怕老婆。

漂亮媳妇洁身自好的美名就此传开了，但是谁也没想到她竟和憨厚老实的单身汉猫娃好上了。那是一个阴雨天，猫娃戴着雨帽，从山背后他姨家吃过午饭回来，从松林中路过时，被站在门口的漂亮媳妇看见了。她叫道：“猫娃，到屋里坐坐吧。”

猫娃说：“不坐了，我回呀。”

漂亮媳妇不允，说：“坐一会怕啥？谁能把你吃啦？”

猫娃便卸下雨帽放在门外，进了漂亮媳妇的房门。

漂亮媳妇很热情，让猫娃坐在小凳上，又提来半笼鲜桃，说："吃，你吃。我早上才摘的。"

猫娃从篼里取了一个半白半红的鲜桃，用手擦擦，咬了一口，禁不住说："真甜！"

漂亮媳妇坐在一旁，一眼不眨地看着猫娃吃桃，没有说话只微笑着，显得更美。

吃过桃，雨还下着，猫娃要走，被她留住了："来，给我帮个忙。"猫娃不知帮啥忙，便跟她向西头那间房去了。这间房是后续的，比原先三间老房要低矮，是堆放杂物的。这会儿，杂物背后空地上铺着草，草上放条被子。漂亮媳妇等猫娃一进屋，就拧身抱住他，在他脸上亲，悄声说："我等你半天了，你早上路过时，我就看见了。来，咱耍一回。"便把被子铺开，让猫娃坐在上面。

猫娃心跳口颤，非常慌乱，才知道她叫他帮啥忙了。山里人只要说起那事，三天不吃饭都行，但他们的话很粗，可她倒好，叫"耍一下"。猫娃毕竟没耍过，不知道咋耍，便说："我不会。"漂亮媳妇说："我知道你不会，我来教你。"她一说"教"，就疯了一般，把猫娃放倒，扑了上去……

几年后，漂亮媳妇和猫娃成了亲，那是因为漂亮媳妇的男人在外跑单帮时，跟一家店主的女儿过日子去了。消息刚传出，很多人上门求婚，有一个大财东要娶她作小，荣华富贵让她尽享，可她都拒绝了。

漂亮媳妇嫁给猫娃时，还带了一个男孩，身体很健康，像他妈一样漂亮。那是那个阴雨天，漂亮媳妇教猫娃"耍"了以后所生的孩子。

扯远了，再说一伙人吆河时的逗乐吧。他们没有别的娱乐，在一起干活时，一说到男女间的事，思想就活跃了，劲头就大了。这天提起猫娃和漂亮媳妇的话题以后，有人还不时喊起了号子："哟……嗬嗬，哟……嗬嗬！"

他们就这样走了一二十里，将木排吆到了一个叫百顷湾的地方。河水大了，一浪推一浪，木排在浪中一跃一跃地漂流，吆河人就跟着在河边跑。

天晴了，没有下雨，河水怎么一涨再涨？前面说过，大河流一段就有小河、小沟、小溪的水汇入，更不要说有一条叫上秦川的河水汇入。走不多远，又有一条叫五峪川的河水汇流而来。再走一段，有一条叫三十里的河水又汇流而来。但凡天下的大河流，就是这样不断汇流而成的，黄河、长江莫不如是。

一时没留意竟出了大事，一失足成千古恨。木排接近乳河口快要上崖时，一个个木排像箭一般向翻江倒海的丹水河里射去。丹水河的水比乳河的水大三倍，不仅河面宽，水也深。木排到了丹水河中，柳叶一般漂着。尽管如此，几个吆河人如猫娃、黄狗、毛驴，脱了裤子，光着屁股，要跳下丹水河去拦木排。这可吓坏了星魁，河水那么深、那么急，人跳进去如同锅里煮豆子，怎能拦排？人命关天，家里老的老、小的小……星魁没经过此事，但他知道安全第一，所以强行喊住了那些人，让他们不要管（木排）了！

有人不无遗憾地说："那木排是银子啊！"

星魁怒了，恨恨地说："银子比命还重要吗？"任众木排一颠一簸地顺大河水而去。

星魁总算松了一口气，他说："弟兄们快去饭店，每人吃一大碗油泼面，再上个凉菜，大口喝酒。我犒劳诸位。”

过后，星魁说：“输赢是商家常事，总结经验、教训就好了。”他还说：“世上的钱是挣不完的。若死命抓住不是你的东西，是要吃大亏的。古人说，小不忍则乱大谋，也是这个理儿。”

12

近似于堤内损失堤外补，一大批木头被洪水白白冲走了，对星魁来说实在是一个大损失。可是家里有了喜事，妻子大翠要生娃了！

婚后，大翠在家料理家务，经管三个孩子。星魁在外忙生意，夫妻恩爱，琴瑟和谐。当然，星魁每次回到家，就抑不住喜悦，与一见他就有几分羞赧的大翠生出无尽爱意。如果孩子不在跟前，他会紧紧抱住她，一亲再亲，如胶似漆。至于晚上，孩子睡了，他们小两口自然……

日月如梭，不知不觉间，大翠怀孕了，肚子一天天变大，而今要生产了。

大翠怀孕期间，母亲孙氏没少操心，亲自给女儿做好吃的，还让丈夫配了几服中草药，给大翠补身子，确保母子健康。

有一天晚上，孙氏说：“为大翠的事，我有个主意。”

辛庆余说：“啥主意？你说。”

孙氏说：“我想让大翠过来住，我和小翠照顾起来方便。”她没有说“人生人，吓死人”，只说一想起大翠生孩子，她心里总是扑腾扑腾的。

辛庆余说："好么，叫娃回来住，星魁也放心。"

大翠搬回娘家住了，在东厦屋的北炕上。

老大、老二、老三也过来了。老大跟爷爷、奶奶睡，老二、老三跟小翠睡在上屋西间炕上。

星魁也减少了外出的次数，陪着大翠。晚上，他睡在大翠身边，伸手轻轻抚摸着她那隆起的肚子，高兴地说："你试，他动弹哩。"

大翠握住星魁的手说："全怪你，人家好好的，可你……肚子这么大，还跳呢！"

星魁说："这是你的功劳，你的伟大。"

"还伟大呢，有时候很害怕。"大翠说。

星魁说："自古至今，从有了人类，当母亲都要生孩子，怕什么？"

于是，星魁给大翠讲了一个故事："在咱安徽老家，我小小年纪时就听说了一个难忘的故事。有一年夏天，一个女人赤脚绾起裤管正在水田里插秧，突然头冒虚汗，肚疼难忍，一声声叫唤。她知道是怎么回事，就向水田边一棵树下走去。可不待上岸，婴儿大声啼哭，就生下了孩子。她抱住婴儿走到树下，低头用牙咬断脐带，把孩子抱回到家。在那样恶劣的环境中生孩子，那位母亲啥都不怕，孩子自自然然出生了，给孩子起名叫水生。水生长大读书，考取功名，后来当了大官。"星魁讲完笑道："大官的母亲生大官时都不怕，你怕啥？"

大翠依偎在星魁怀里，贴着他那宽阔的胸脯，说："你真会说宽心话，叫人心里踏实了。有你在跟前，我感觉很安全。"

尽管这样，父母仍觉得不放心，就去蓝田县辋川请来了一位有名的接生婆。

这位接生婆叫曹瑞珍，人称曹婆婆，高个子，眼睛明亮，手脚麻利，是年60岁，医术高明，接生了许多婴儿。她做姑娘时就接生，已经接生45年了。当时她刚15岁，正在家中纺线，纺车嗡儿响，听到隔壁二嫂一声声喊叫，撕心裂肺。她忙放下活，去了隔壁，一看吓一跳。只见二嫂躺在炕上，腹痛难忍，家里又没有别人。她母亲是接生婆，可昨天下午被东崖村一个人请去接生了，还没有回来。她着急了，只好自己赤膊上阵，挽起袖子洗了手，让二嫂靠墙坐在凳子上，咬住牙，忍着疼。原来是横生，再拖延时间，母子都有危险。在此紧要关头，她将从母亲那儿所学的本事都用上了。她把右手伸进去，费了很大劲儿，将胎儿身子调顺，再轻轻一拉胎儿的头，胎儿便落草了，尖叫一声"哇"……

瑞珍从此名声大振，大家都请她接生。她母亲早想交班了，每逢有人请接生，母女俩都去，但母亲不动手，动手的是瑞珍。

瑞珍长大了，成了曹婆婆，"曹婆婆"是人们对她的尊称。

辛庆余早就和曹婆婆认识，就提前把曹婆婆请来，有备无患。

曹婆婆知道大翠是头胎，就多费了些心思，加了课程。每天早、午、晚，她陪大翠在院里转六七十圈，拍拍手，弯弯腰，拧拧腰，再踢踢腿。这些都是慢动作，舒缓、轻柔。

曹婆婆知道大翠读过书，就给她念了一首又一首诗，有时还加以讲解。曹婆婆不识字，但记性好，这些诗是她听别人读后自己记下来的。曹婆婆给大翠所念的诗是：

新家孟城口，
古木余衰柳。
来者复为谁，
空悲昔人有。

空山不见人，
但闻鸟语响。
返景入深林，
复照青苔上。

古人悲傲史，
自阙经世务。
偶寄一微官，
婆娑数株树。

人闲桂花落，
夜静春山空。
月出惊山鸟，
时鸣春涧中。

曹婆婆不止一遍地给大翠读这些诗，大翠何尝没读过呢？只是此时此刻、此情此景，经曹婆婆念出来后，使她进入了一种意境，身心舒畅。

曹婆婆见大翠高兴了，她更高兴，兴致更浓。她以为大翠不知道，就讲起来，说："我们辋川山清水秀，树木高大、稠密，是很好的一个地方。早在唐朝，这地方被一个叫王维的大官看上了，连官也不当了，住下来游山玩水，发现好景色就写诗，写了诗念给乡亲们听。我们辋川人，不管老汉、老婆，还是娃娃，都会念王维的诗。"

"噢！噢！"大翠感叹不迭，意思是多亏了曹婆婆，让她知道了王维的诗，增长了许多见识。曹婆婆愈有兴趣，说："我孙子教了我两首王维的诗，你想听吗？"

大翠笑道："我听。你念。"

曹婆婆便念道：

独在异乡为异客，
每逢佳节倍思亲。
遥知兄弟登高处，
遍插茱萸少一人。

曹婆婆说："你家张老板是安徽人，迁来住在月亮湾，就是'独在异乡为异客'，少不了思念家乡，你要理解他。"

其实，因为有了和星魁的关系，大翠对《九月九日忆山东兄弟》这首诗理解更深了。一读到"独在异乡为异客"，心里就情不自禁地酸楚楚的，但她没有给星魁说。

曹婆婆看着大翠，笑说："我再给你念一首王维写的爱情诗。"

“爱情诗？”大翠心想，莫非是《相思》？

果然是《相思》。曹婆婆念道：

红豆生南国，
春来发几枝？
愿君多采撷，
此物最相思。

大约是因为曹婆婆给大翠念了、讲了王维的许多诗，大翠身心松弛、愉悦，处在兴奋中，于当晚人静时分就生了个男孩，母子平安。

一家人特别高兴。第二天一早，老大，老二、老三就来看老四了，他们叫道：“小弟弟！小弟弟！”

曹婆婆功德圆满，只休息了一天，就要走。星魁给曹婆婆准备了谢金、礼物，让长工谢全吆毛驴将她安全送回了辋川的家。

13

孩子出生了，星魁忙生意去了，父母各执其事，可月婆子大翠由谁伺候呢？

这件事自然落到了小翠身上。

就在妹妹伺候姐姐的一个多月里，大翠发现了个问题：小翠……

那是孩子满月后的一天中午，太阳从窗棂照进来，屋里一片明亮。老四睡着了，老大、老二、老三被奶奶领出去玩了，爹出诊了，家里再没有别人。大翠说：“小翠，有件事，我想跟你说说。”

小翠笑了：“什么话？神神秘秘的！”

大翠说：“你老大不小了，该谈婚论嫁了，可你……”

已有许多人上门给小翠提亲，家境都不错。杨斜街有一户，有15亩地，食道峪有一面坡，还有三间门面房，家里只有一个独生子，日子滋润得很，可小翠不愿意。

蔡玉窑街有户人家开着油坊、酒坊，是当地首富。首富的大儿子在衙门干事，早已成家，在外过日子。首富有一次去商州城办事，返回时歇在张家土楼客店，恰巧见了小翠，发现她文静、大方，手脚麻利，身材苗条，想说给他二儿，可小翠不答应。

葛牌镇、九间房、黑山、板桥、麻街等地都有求婚的，当然都是好人家，男娃也不错，小翠一一谢绝了。父母无法，也懒得管，就让大翠操心了。作为姐姐，她已成了家、生了子，有了红红火火一家人，可妹妹呢？为此，大翠常常睡不着觉，吃饭也不香。

“小翠，你这样下去，可咋办呀？”

“有啥咋办的？出家呀，当老姑娘呀！”

“胡说！”大翠斥责一句，又觉不妥，妹妹毕竟大了，不是小孩子了，就缓和了口气，慢慢开导她了：“你看，为了你的婚事，父母操碎了心。他们年纪大了，咱做女儿的，总不能这样折磨父母吧？你给姐姐说说，究竟打算咋办？”

小翠发现大翠确实是正儿八经跟她谈事呢，也就不绕弯子直说了，如今不说，更待何时？她就郑重其事地说：“我反复想了，不外嫁。”

“不外嫁？”大翠瞧着小翠，直纳闷。

小翠重复了一句“不外嫁。”

“你可真把我说糊涂了，怎么叫‘不外嫁’？”大翠瞪大眼睛看着小翠，疑惑不解。

小翠一副豁出去的态度，嘴巴紧贴姐姐耳朵，一字一顿地说：“向你学习，嫁给张星魁！”

大翠一听，“啊”了一声，头昏脑胀，眼冒金星，差点晕倒。过了半天，待镇静下来，她问妹妹：“小翠，你疯了？”

“我没疯，没疯。我想了许久，终于拿定了这个主意。”小翠不慌不忙、不紧不慢地说了这一段话。

大翠说：“你这样，不怕外人笑话？”

小翠说：“笑话啥？咱过咱的光景，管谁笑话不笑话。谁吃得多了，就笑话去！”

大翠无话可说，陷入深深的沉默之中。小翠是个宁折不弯的人，记得是四五岁时吧，母亲给她做了一双黑布鞋，鞋尖上绣了两朵小红花。小翠见了，执意不穿。母亲说：“你不穿，光脚片呀？到雪地里冻呀？”外面正下着鹅毛大雪，母亲才这样说。不料，小翠执拗，果然光着脚片去院里，站在雪地里一动不动。母亲实在看不下去，给大翠使了个眼色，大翠答应把鞋尖上的小红花剪去，小翠才回屋。

小翠大约 11 岁吧，在东岳庙私塾读书时，要求母亲给她做一套男娃的衣服。母亲说：“你是姑娘娃，咋能穿男娃衣服？”小翠抱住母亲的胳膊，撒起了娇：“不么！”

母亲没办法，只好给小翠做了一套男娃的衣服，她穿上以后可高兴了，蹦蹦跳跳上学去了。到了学堂，小翠在操场上玩耍时，引起了学童们的好奇，有一个叫山狗的学童接连喊道：“辛小翠，假小子！”

谁知，小翠恼了，就扑上前去，抱住山狗把他绊倒骑在身上，并用两手掐住他的脖子，问：“你还叫不叫我假小子？”

山狗忙说：“不，不叫了。”

小翠这才松了手。

小翠就是这样一个人，如今说要嫁给星魁，怎么办呢？大翠想。

其实，大翠并不是争风吃醋，对她来讲并不是坏事。有个贴心贴肺的人在跟前，有话可以说，有事可以帮，总是好的。不过，大翠最担心的是父母不同意，他们毕竟是要脸面的人。万一别人说天下难道没有小伙子了，你们竟将两个女儿嫁给同一个人？

大翠越想脑子越乱，越想越没了主意。大翠最担心的是父母年纪大了，一旦为此事想不通，一口闷气堵在心里，郁结成疾，如何是好？大翠是善解人意的人，她想找个机会，心平气和地跟父母说说。不料，小翠却捷足先登，提前给父母说了。

一天晚上，父母正要上炕睡觉，小翠呼啦揭开门帘进小屋来了。她一进门，就“扑通”跪在父母面前，说：“父母大人，孩儿有罪，请赐家法！”

辛庆余诧异了，孙氏也诧异了，两人目瞪口呆，不知小翠何罪之有。过了半天，孙氏才说：“快快起来，在爹妈面前有啥话不好说吗？”辛庆余也叫小翠快站起来。

小翠这才站起来，把她要嫁姐夫星魁的事说了，并且陈述了四个理由：第一，她不想远离父母而嫁到外地，她要为父母养老送终以尽孝心，报答养育之恩。第二，她绝不是跟姐姐争宠，而是为给姐姐分担重担，姐姐年纪轻轻就要管四个孩子，吃、喝、拉、撒、睡顾得过来吗？她真心愿意帮帮姐姐。第三，她跟姐姐一样，对故去的梅香感情不减，那样的好人来月亮湾不几年就撒手去了，可怜留下的三个孩子！她要和姐姐联手，同心同德、同心协力将孩子养大，成家立业。第四，星魁……

说到星魁，小翠不像以往那样叫哥或者叫姐夫，而是直呼其名。她对星魁印象一直很好，觉得他有一种魅力，往往使人失魂落魄。有一次，她正在择豆角，星魁来了，问她一句："你择豆角哩？"多普通、多平常的一句话，可那"择豆角"几个字，居然让她满脸发烧、神魂颠倒。又一次，星魁脚穿草鞋，挽起裤管，戴顶草帽，掮根镰竿，吆喝一声，吆河去了。她在村前岸上看热闹，无意中看到了英武的他，心又跳了……尤其，姐姐坐月子时，她去伺候。星魁外出回来提兜鲜桃，给了她两个，在她接桃时，与他手相触。可谁知，就是那一触，仅仅是一触，使她浑身禁不住酥酥地抖了一下……

小翠一次次地警告自己：他是你的姐夫，是你姐的男人，可你……

然而，感情这东西，如洪水猛兽，一旦发作了，任什么力量都抵挡不住。小翠对星魁的感情就是这样。她爱他，义无反顾，勇往直前。所以，她把她的爱对姐姐讲了，现在又对父母讲了。

灯焰儿跳跃着，屋里一片沉寂，没有一点儿声音。父亲不说话，母亲也不说话。过了老半天，孙氏问：“这事，你姐知道吗？”

小翠说：“知道。我给她说了。”

“她咋说？”

“她说她想得通，只担心二老接受不了，怕坏了身体。”

“唉！”孙氏叹息一声，又默然了。

辛庆余还是坐在那儿不说话。

小翠意识到此时此刻，如同暴风骤雨来临之前那样，寂静得使人害怕。父亲一定会反对，会大发脾气，甚至会掀翻桌椅，不光会惊动厦屋的姐姐，连隔壁土楼里的住店人也会惊动。好事者会摸黑跑来看热闹，院门外拥一堆叽叽喳喳的人。如果那样，她索性回头是岸吧！可她铁了心，非嫁星魁不可！如此一来，她心里反而很平静，只等父亲的惩罚。

世上的事很奇异，辛庆余不但没发作，反而很平静。他心平气和地问小翠：“你想好啦？”

小翠说：“想好啦。”

辛庆余说：“这可是大事，一辈子的事。”

“我知道。”小翠说。

辛庆余说：“你既然知道，我就不说什么了。这毕竟是你的事，你自己做主。”

孙氏深觉意外，心想：这么大的事，怎么就这样三言两语、三锤两梆子定了？唉，定就定吧！却又觉不踏实，就问：“这样大的事，星魁是啥态度？”

小翠说：“他不知道。我还没给他说。”

孙氏手一拍，说：“说了半天，星魁还不知道，你说这是啥事？小翠呀！”

小翠说：“我给他说。”

“你呀，你能说吗？”孙氏焦虑了。

还是辛庆余通晓人情世故，他挡住了孙氏，说：“这些事，你就甭管了。”

星魁当晚不在家，到蓝田县城进货去了，需三五天才能回来。

那时候月亮湾归蓝田县管辖，从村后翻过岭出辋川，过灞河就到，比商州城还近。蓝田距长安近，府城的货物应有尽有，从这里进货便宜。

星魁要进一批锅碗瓢盆，还要进一批棉花。货进好了，由10位挑夫挑回月亮湾，第二天一大早就起程。这天晚上，有朋友请星魁去喝酒，他走时锁了房门。星魁在中街鸿德隆客店二层木楼上包了一间房，万盛恒的人来蓝田县城办事就住在这里。有一次，星魁领大翠出来游玩，也住在这个房间。

夜深了，星魁喝过酒回到鸿德隆，脚步嗵嗵地上了木楼，走到他的房间门口。正要开门却见门没锁，究竟怎么一回事？他推门进去，摸黑点亮灯，不禁吓一大跳，床上竟睡了一个人，盖严了被子。谁？星魁揭开被子一瞧，居然是个年轻美貌的姑娘！他首先想到的是一个美丽的故事：住在一家客店里的赶考举子，夜半房间进来一位狐狸精变的仙女，少男少女情不自禁地卿卿我我起来……显然，星魁喝多了酒，在恍恍惚惚中情不自禁地上了床，亲起了“仙女”的嘴。

“仙女”醒了，睁开眼睛瞧见了他，梦寐以求的他。想不到，实在想不到，今夜这蓝田县的客店，居然成了他和她的新房，就要在这儿“完婚”！她想，她豁出去了，什么都不顾了，把生米做成熟饭。于是，她仰躺着伸出双手，紧紧抱住他……

可是，星魁突然清醒了，怎么是小翠？就问：“你怎么到了这里？”

小翠说：“我，我……”她羞愧难当，不知咋说。

原来，小翠决意嫁给星魁，知道星魁赴蓝田县进货了，就给姐姐说了一声，急不可耐地奔蓝田县城了。她和姐姐曾来过蓝田县城，并在鸿德隆包间里住过一晚。小翠赶到蓝田县时天已黑了，她打算休息一下再说正事，可房门锁了。店主老头说张老板去朋友处喝酒了，就给小翠开了门。是店主人老眼昏花，天黑看不清人，还是大翠、小翠姊妹俩长得像，都是高个儿、鸭蛋脸、俏嘴巴、浓眉大眼？反正店主把小翠当成了张老板的夫人，说：“你先休息，你丈夫一会儿就回来。”小翠笑而不语，就合衣上床休息了。

小翠不遮不掩，把她要和星魁成婚的事一五一十说了一遍，接着说：“就是这，我跑到蓝田县城找你来了。”她瞧着星魁，深情地一笑，说：“你知道，我是急性子！”

星魁坐在床边椅上，听了小翠的话，愣怔了半天，才说：“小翠，你有病吗？”

“我有啥病？”

“那你咋能想这样的事？”

“怎么不能？”

“你没想咱俩是啥关系？”

“啥关系？事成后就是夫妻关系！”

“唉，你呀，什么时候才能长大啊！”星魁说着，不禁伸出右手，用拇指和食指轻轻捏了一下小翠的脸蛋，像大人捏小孩子的脸蛋一样。

谁知，小翠却是“粘脸皮”，她拉住星魁的手，要他到床上来。

星魁的眼睛痴了，一眨不眨地瞧着小翠。她的确长大了、成熟了，已不是小孩子了。瞧她那一双大眼睛，一闪一闪，多么明亮；瞧她那饱满的脸蛋，多么红润！星魁被小翠的妩媚深深打动、感染，恨不得紧紧抱住她，对准她的红唇吻下去。

但是星魁瞬间清醒了，他抽出手来，离开床边，站在地上，郑重其事地对小翠说：“小翠妹妹，万万不能！你是黄花闺女，我是有家有室之人，咱们是兄妹，绝不能做夫妻。再说，我是堂堂正正的人，要对得起你姐姐，对得起二老。”

小翠说：“我已经给我姐说了，给父母也说了，他们都要我拿主意。我主意定了，你怕什么？胆小鬼。”

星魁说：“不是胆小不胆小的事，是人品的事。”

小翠说：“好，就算是人品的事，如果他们同意，你是啥态度？还是人品问题吗？”

小翠就是这性格，非把人逼到南墙不可。这可让星魁作难了，嗫嚅了半天才说：“你叫我想想。”

小翠说：“哟，啥难事竟把大老板难住了，羞人不羞人？那么，话翻过来，我这人好不好？”这好不好实在是小翠设的一个陷阱，看他跳不跳。小翠实在太聪明了，他说好是跳，说不好也是跳。因为，如果他说好，她就会扑上来抱住他；如果他说她不好，他就脱不开身了，她准会问怎么不好？星魁怎么回答？不是又卡住了吗？

星魁索性用了一个最笨的办法，与笨孩子用的办法一样，咬住一句话："我，我不说。"

小翠瞧着星魁的窘态，咯咯笑了，然后说："那就不说了，干脆上床睡吧！"

星魁固执地说："我不睡。"

小翠像逗小孩子玩一样，质问："你不睡，坐一夜吗？"

星魁说："嗯，我坐呀。"

星魁果然在椅子上坐了一夜，小翠虽然睡在床上，但也没睡着。这中间，有几次她叫星魁"上来睡吧"，星魁只说了一个"不"字！

天亮以后，吃过早点，星魁给小翠雇了头毛驴，让她同挑夫们一起回月亮湾，他则去了长安府，有一笔生意要谈。

三天后，星魁回到家，大翠已搬回土楼住了。

晚上孩子们睡了，星魁要上床与大翠亲热一番。古人说"久别胜新婚"，他和她虽然没有久别，但因为她坐月子，已经好长时间没有同欢了，他按捺不住，今晚想要……不料，他刚一上床，就被大翠推开了，无情地喝道："滚！"

星魁纳闷，她怎么了？略一思忖，他就恍然大悟，肯定是她误会了。前几天，小翠去蓝田县城找他，虽然在一个房间过了一夜，但根本没发生什么事，可大翠以为他是肮脏货，对她妹妹不三不四了，才会这样。人正不怕影子歪，佛正不怕香炉斜，星魁和小翠没有什么，怕什么？他想摊开和大翠谈谈，还没来得及开口，大翠就斥问他了："张星魁，你知不知道，我从小以来最心疼、最保护的人是谁？"

"不知道。"

"告诉你，就是我妹妹！"

"你妹妹？"

"是的！"

接着，大翠讲了她保护妹妹小翠的事。那时小翠才三岁，大翠领着小翠在村路上跑，小翠一不小心跌了一跤，把膝盖擦破了，流出鲜血，哭得厉害。大翠发现是一块石头绊倒了妹妹，她气不打一处来，找了一块更大的石头，直砸那块石头，边砸边骂："谁叫你绊我妹妹？"直把那块石头砸得粉碎。

大翠责问星魁："我妹妹是你随便欺负的吗？"

星魁说："我没欺负她！"

"你没欺负她？那她从蓝田县城回来怎么就……"

小翠自小在外边受了什么委屈，不给父母说，只给姐姐讲。大前天，小翠从蓝田县城回来，就上张家土楼找到姐姐，一头扑在姐姐怀里哭了。大翠问她怎么回事，她一句话都不说。大翠就猜妹妹被星魁欺负了，心里非常愤恨。现在星魁要上床，她岂能允许？

星魁感到委屈，问："我干了什么见不得人的事呢？"差点儿发怒起来，仿佛要爆炸。

大翠想了想，说："既然是这样，就问问小翠吧。她正好在隔壁睡着。"

那晚，在蓝田县城鸿德隆客店二楼那个房间，小翠受到星魁“冷落”后，越想越伤心：我辛小翠哪点儿不好，让你张星魁下眼看待？她要嫁星魁绝不是感情用事，而是经过深思熟虑的，她把原因总结为四大条，给父母讲了，给姐姐讲了，也给星魁讲了。可星魁是一疙瘩冰块，连她翻山越岭跑到蓝田县城找他也毫不动心，连碰她一下都不。一个自尊心极强的大姑娘，往往会有柔软的一面。小翠精神垮了，睡觉不宁，吃饭不香，既不出门，也不见人，全靠姐姐给她送一点吃喝。当然，她也知道，长此以往总不是办法，她要跟星魁再次摊牌，重申她的“四大条”。一不做，二不休，坚持下去，必定胜利。

小翠正这样想时，房门被推开了，进来了两个人。前边是个女人，婀娜多姿，亭亭玉立。身后跟个男人，高大魁梧，仪表堂堂。小翠连忙揭开被子，跳了起来，叫了一声“姐姐。”

那个男人，自然是星魁。

大翠坐在椅子上，让星魁和小翠并排坐在床边，她俨然成了一位大法官，问星魁：“前几天那晚，在鸿德隆房间，你为啥欺负我妹妹？”

星魁大吃一惊：“没，没有呀！”

“小翠你说，他怎么欺负你？”

小翠意识到姐姐想歪了，就申明说：“没有啊！”

大翠生气了，一个说没有（欺负），另一个也说没有(欺负)，一个鼻孔出气，是成心的吗？那可不行！她就问小翠：“那你从蓝田县城回来以后，怎么哭哭啼啼、不吃不喝的，什么也不说？”

小翠这才明白，姐姐确实误会了，就说了自己如何表明心迹，星魁不答应，两人僵持不下，只好一个在床上，一个在椅上，过了一夜。

星魁说："就是这样。"

大翠长吁一口气，这才释然了。原来是小翠向星魁求婚，星魁未答应，小翠就窝了气。弄清楚原委，大翠就要裁决了。多日来，大翠反复考虑了小翠的意见，她认为他们成婚没有什么不好。再说，星魁曾给大翠讲过这样一件事：

一次，星魁在商州城一个朋友家喝酒，朋友的另一个朋友喝醉了，把他叫到外面神神秘秘地说："张老板，你是不是好人？"

星魁心想这人喝多了，怎么问我这样的问题？就笑道："我当然是好人！"

那人说："我看你是好人，就想给你办一件好事。"

星魁诧异了，我有什么好事要你办？就问："什么好事？"

那人这才说："我有一个表妹，聪明伶俐，貌若天仙，让她嫁给你。"

星魁忙申明："我有家室啊！"

那人说："我知道你有家室，但可以娶小呀，娶个小老婆多好。如今像你这样的人，谁没娶小？！"

星魁当然谢绝了。

大翠心想，说不定哪一天星魁就动了纳妾的心思，那样对自己非常不利。现在小翠钟情于他，何不成全此事？肥水不流外人田。大翠决定为二人定下这桩婚事，便重新问小翠："跟星魁成亲，你愿不愿意？"

小翠答："愿意。"

大翠又问星魁："跟小翠成亲，你愿不愿意？"

星魁说："我要看你的意见，还要看二老的意见。"

大翠笑了，郑重其事地说道："我考虑了，没有什么不好。至于父母，我已经给他们说了。他们说，只要你俩相亲相爱、互帮互助、相敬如宾、白头偕老，做父母的就向你们祝福。我也祝福你们!"

小翠十分感激，扑上前抱住大翠，差点哭出来，就叫了一声："姐姐……"

大翠很激动，泪花闪闪，瞧着小翠的眼睛，说："妹妹长大了！"这时，她才觉得冷落了一个人，就拉过小翠的手递给了星魁。

星魁一只手紧紧握住小翠的手，另一只手则紧紧握住了大翠的手。作为丈夫，作为安徽迁居月亮湾的人，他心里有很多话，却无从说起。星魁哭了，泪流满面，他两腿一弯，要给两个女人下跪，却被大翠、小翠从左右两边扶住了。

小翠和星魁的婚礼非常隆重，在月亮湾空前绝后，绝无仅有。土楼里、土楼外的大场上尽是人，有男有女，有老有少。两乘花轿既鲜丽又华贵，当地人不曾见过，啧啧称羡。花轿不是自扎的，而是从长安府城租来的。那天天气晴朗，山河增艳，新郎、新娘分坐在轿中，由八名专职轿夫抬着，由八名擎新竹彩旗的童男引领，在十二名身穿金色马褂的吹鼓手伴奏下，从辛庆余家院里出来，跟随一大队看热闹的男女，顺大路浩浩荡荡行至西边东岳庙时再折回来，但没进村而朝东直到白湾村前时再转回，沿途长达五里。这不是招摇过市，不是耀武扬威，而是规程。因为小翠的娘家、婆家是东院、西院，仅一墙之隔，离得太近，按风俗必须绕道，长达五里，也取一句吉利话"五魁首”，“魁”字又与星魁的“魁”重合，表示大吉大利。花轿回到月亮湾，进了张家土楼大门，拜完天地，然后到二楼新房里入洞房。

开宴时，宾客们坐在土楼的天井里，坐在土楼二、三、四层的一圈圈走廊上。一共有126席，坐得满满当当。

宴是盛宴，菜有15道，俗称十五观灯，有两道菜给人们留下了深刻的记忆。一道是蒸碗黏面。将糯米掺面粉压成片，蒸熟油炸后，切成小四方块，放在黑色的陶瓷碗中，叠放在大铁锅里加水，蒸软了才端出来，每碗浇一大勺红糖水，再端上席。吃席的人，尤其是小孩子，一见黏面端上来了，异常兴奋，“啊”的尖叫一声，伸筷抢夹，吃到嘴里，黏了牙，甜到了心。别看如今黏面已是普通食品，可那时人穷，糯米、油、红糖稀缺，一般人家办婚宴是见不到黏面的。

另一种美味佳肴是肥肉片。肥肉片四指多厚，红烧的，油津津，加五香佐料，用文火焖过，满院飘香。用大碗端上桌，没牙的老头、老太可高兴了。用筷子夹住红烧肥肉片送到嘴里，真有一种食此物三生有幸的感觉，满脸皱褶都舒展了。

操办这样的婚礼是大事，里里外外，方方面面，筹备数月，用众人的话说，要忙坏“几堂官”呢。可这些全是大翠一个人操办的。由于种种原因，她结婚时简单从事，悄没声息。妹妹可不能那样，由她操办，定要像模像样。星魁与小翠结婚，宾朋满座，热闹非凡，在方圆百里盖了帽儿，一直传为佳话。

小翠嫁过来后，与丈夫星魁、姐姐大翠和睦相处，使万盛恒的生意愈加兴隆，更上一层楼。

几年以后，大翠又生了两个儿子，小翠也先后生了三个儿子，加上梅香生的三个儿子，星魁一共有九个儿子，分别叫老大、老二、老三、老四、老五、老六、老七、老八、老九，自然各有官号，此处不提。大翠和小翠还各生有一个女儿，大的叫芳，小的叫菲。

老大、老二到读书年龄时，张家办了一所私塾，设在辛庆余家的西厢房，让周围的学龄儿童都来读书。原计划由大翠当私塾先生，可她是全家总管，事情多实在脱不开身，就请小翠当了私塾先生。小翠教书细致、认真，真是不负众望。

几乎是眨眼之间，时间已推进了20多年，张家的大多数儿子均已成家立业，有做生意的，有做医生的，有当私塾先生的，有干风水先生的，有做官的，有当石匠、木匠的，还有甘愿种庄稼的，真是五行八作，无所不有。人们说，张家人丁兴旺，日子红得像火焰一样。

然而，天下的路不会永远是平坦的，世事不会一直是安然的。

年过半百的星魁惶恐不安，常常失眠。大翠和小翠都很担心，曾问他："你怎么啦？"

星魁只唉唉叹息几声，再无话说。是啊，三言两语说得清楚吗？！

14

星魁想的事都是大事！前一阵，长安府几位朋友邀他去游玩，他去了。在聊天中，他听到了几件事：

一、壬寅宫变

公正地讲，明世宗朱厚熜在位前期英明苛察，严以驭官，宽以治民。朱厚熜将前朝皇帝朱厚照宠信的奸贼钱宁以磔刑（肢体分裂，古代酷刑）处死，将他的11个养子全部斩首。又将朱厚照信任的另一个大奸贼江彬及其三个儿子处死。同时，裁减冗员14700人，节约军粮150多万石等。民心所向，都赞“新皇圣明”。

君明，国强民富。在此形势下，星魁大兴土木，在月亮湾盖了唯一一座土楼。

明世宗后期荒淫无度。嘉靖二十一年（1542）十月二十一日，发生了“壬寅宫变”，这一年是农历壬寅年。具体来说，是十几个宫婢密谋勒死皇上朱厚熜。当时，朱厚熜为求长生不老，要以“吸风饮露之道”成仙，已近于癫狂。为采集甘露饮用，朱厚熜每日命宫女们凌晨即往御花园中采露，导致大量宫女累倒病倒，不堪受此苦役。有个胆小的宫女将此事禀报皇后，皇后下令将参与密谋的宫女们制伏并斩首，首犯凌迟处死。连当时服侍嘉靖帝的端妃，也被一并斩首。壬寅宫变是朱厚熜为炼制长生不老丹药，酷虐宫女所致。

二、朱纨抗倭招祸死

明太祖洪武二年（1369），倭寇出现在南直隶沿海，侵掠崇明、苏州等地。到明世宗嘉靖年间，政治腐败，边防松弛，一些富商、海盗与倭寇勾结劫掠，致使倭患加剧，殃及沿海，危及海运。在此背景下，担任提督闽浙海防军务的朱纨，搜捕通倭奸民，整顿海防，严禁商民下海。

朱纨，今江苏苏州人，明正德十六年（1521）进士，历任景州知州、开州知州、南京刑部员外郎、四川兵备副使、广东左布政使。

朱纨巡视海道，发现不法商人、地方贪官与倭寇勾结，抢掠不曾间断，致使民不聊生。朱纨下令革渡船、严保甲，四处搜捕奸民。嘉靖二十八年（1549），朱纨于走马溪战役中拔除了倭寇在福建的侵略据点，并将中国海盗商人头领李光头等96人擒杀，获万民拥护。朱纨义举侵犯了诸豪强的利益，他们一起弹劾朱纨，诬陷他擅自杀戮，终被罢免。嘉靖帝下令审问朱纨，朱纨听说后，慷慨流涕。他为自己写了墓志，作绝命词，饮药而亡。

朱纨清正廉洁，一心为国家杜绝祸乱，文武百官为之叹息。朱纨死后，再不设海防官职，朝廷内外绝口不提海禁。从而，海寇大举侵入，荼毒东南沿海10多年。

三、仇鸾与俺答

仇鸾为明陕西镇原（今属甘肃）人，厚贿严世蕃，投靠严嵩，约为父子，得重用为太子太保，充总兵官镇守大同。俺答是侵犯明朝的一个蒙古首领，明嘉靖二十九年（1550）向明王朝发动了前所未有的进攻。仇鸾奉命带兵两万增援，一边应付皇帝诏命，一边引导俺答进攻京师。嘉靖帝昏庸，让人引狼入室，给百姓带来深重灾难。仇鸾不发一兵，坐视俺答烧杀抢掠，百姓哭声一片，惊天动地。不仅如此，各镇援兵仓促来京，没有军饷和粮草，抢掠之事时有发生，而仇鸾的大同兵尤其恶劣，出入村落抢掠民财，百姓苦不堪言，丧命者无数。

星魁不止听到这三件事，还有很多关于皇帝荒淫导致内忧外患的事情，为此他忧心忡忡，寝食难安。万盛恒一位普通雇员见老板这样，十分担心，长此下去，如何得了？就对他说：“张老板，国家的事，太大了，太远了，管它做甚？办好咱的事好了。”

星魁说：“你的话只说对了一半，国家乱了，自家事能办好吗？国家事比方是天，天久雨或久旱，庄稼能长好吗？若庄稼少收或无收，百姓靠啥生活？再比如，一个有风湿病的人，遇天阴能躲过疼痛吗？不，一点都不能。

那位雇员感动了，说：“张老板，真是听君一席话，胜读十年书啊！”

朝廷糟糕，地方就混乱。距月亮湾西20里地的深山黑虎岭上出了股土匪，领头的叫黑大汉，抢人劫货如倭寇一般，弄得人心惶惶。为了万盛恒各店不受损，张家土楼每天早早就关上结实的大门。

然而，智者千虑，必有一失。这天是农历十月初一，按例要“送寒衣”。“送寒衣”是要用纸和棉絮做了小棉裤、棉袄，天黑后在坟前或十字路口烧给先人的。因时局动荡，星魁就跪在家中神堂为先人烧纸、送棉衣，依然出了事！那天迟关了一会儿大门，一伙人趁机就扑了进来，个个贼眉鼠眼、气势汹汹，领头的是个黑脸大汉，满脸络腮胡。那是土匪黑大汉，他带人抢劫了一家人，由于主人誓死抵抗，他们把人和房都一把火烧了。黑大汉一伙听说月亮湾有个富户张老板，就随即闯进了土楼来。

总管赖春风忙迎上前，和颜悦色道：“诸位长途跋涉，一定饥了渴了累了，快快休息，马上给大家做饭。”他叫来灶房师傅，说：“炒几个菜，再上一盘腊肉，好酒斟上，主食是油泼辣子裤带面。对，烧一壶酽茶，用老板家乡的茉莉花。”说着，就把“客人”迎进客厅。

茉莉花酽茶端上来了，黑大汉先喝一口，大声赞道：“好茶！好茶！”

一伙人正喝着好茶，黑大汉问道：“怎么不见张老板呢？”

赖春风说：“十月一，送寒衣。老板正在家里神堂敬祖先，我去叫他。”

黑大汉阻挡了，说：“不用了，我要去神堂看看。”就叫弟兄们喝茶，让赖先生领他去了神堂。

张氏家的神堂也叫张家祠堂，是土楼一层正面三间的房子。后墙上是先祖画像，像中人正襟危坐，栩栩如生。山墙上是壁画，《王祥卧冰》《绵山救母》……净是孝道内容。

黑大汉见过星魁，就被悬挂在祠堂里的八块匾额吸引了。它们大都是三尺宽，五尺长，镶金边，刻金字。有的刻着“赈灾功臣”，有的刻着“慈善人家”，有的刻着“恩重如山”……

黑大汉不知这些匾上的字是啥意思，就叫星魁给他讲一讲。星魁侃侃讲来，都是一则则生动故事：

那一年，关中遭大旱，颗粒无收，从高陵、临潼、渭北一带来了许多难民。星魁见一些老人、孩子脸都饿成了菜色，非常伤心，便支起一排大锅，整整舍了半月饭，直到他们那里的县府把人接走。后来，那些难民派代表送来了一块匾：“赈灾功臣”。

有一年夏天，店里同时来了20多个挑夫，急急忙忙放下担子就跑出大门外，在野地的草丛中胡乱蹲下，拉的都是稀水，有人的裤角都湿了。显然他们是病了，回到院里就走不动了，东倒西歪躺在廊下，连喊头晕、恶心。星魁忙让人把他们扶进屋在床上躺下，就请岳父辛庆余来诊病。辛庆余为病人把过脉、看过舌苔后，问他们都吃了什么，然后断定是食物中毒。星魁请辛庆余抓了药，让灶房里熬了一大锅，叫挑夫们喝了。他们是白河县的挑夫，在张家土楼里服了药，星魁还给他们配了好饭食，其中有黄花、木耳、鸡蛋等，都颇有营养。三天后，待挑夫们痊愈才又上路，后来他们送来了这块匾："救命恩人"。

杨斜街蒿坪沟有一个学童天资聪颖，记忆力出众，读书过目不忘。可这孩子辍学了，因为命运不济，他父母双亡，成了可怜的孤儿。连饭都吃不上，还能读书?！星魁听说后，专门到蒿坪沟，找到那个孤儿，带回家给换了一身新衣服，送他去府城读书，供吃、供喝、供住，负责他的一切花销。那孩子后来考取功名，在云南任布政使，不忘星魁一家人的恩情，用楠木特制了这块匾，并亲书"恩重如山"四个遒劲大字，永作纪念。

还有其他匾，如"厚德载物""一方名士"等。

黑大汉看了这诸多牌匾，听星魁讲了那一个个生动感人的故事，痴了呆了，半天无语。他被星魁的优秀品质、高风亮节深深感动，作为粗人，作为莽汉，他不知道用什么词语来表达。

正在这时，赖春风请他们去吃饭。

凉菜、热菜都上桌了，酒也上来了。赖春风代星魁向各位敬酒，黑大汉却不喝酒，只任众人喝。赖春风向他敬酒，甚至星魁向他敬酒，他都不喝，一句话也不说，只是摆手。

土匪头领黑大汉怎么了？

天很黑，月亮湾很静，张家土楼里也极静，好像山崩地裂就要来临。大翠、小翠坐在二楼的一个房间里都不说话，她们想不明白张家上一辈究竟干了什么伤天害理的事，今夜要遭灭顶之灾？

张家的几房儿媳，都待在各自的房间，鸦雀无声。只有儿子们，不甘束手就擒，有的握着棍棒，有的拿着锄头、铁锹，该出手时就出手，他们准备拼了！

但是，没有动武。

在饭堂里，黑大汉站起来，双目圆睁，咕咚咕咚连喝了三碗酒。然后，他向星魁深深鞠了一躬，大声说："大叔，你是好人，我佩服！"

接着，黑大汉大声向弟兄们喊道："谁要有眼无珠，从今往后动张老先生家一根毫毛，小心狗头！"还觉未表达清楚，就扬声骂了一句常用的粗话："谁要不听，我×他妈！"

星魁对黑大汉一伙以礼相待，临走时给每人送了一块布，说："不成敬意，请诸位拿回去做一件衣服穿吧。"

总算是化险为夷，转危为安。但是，星魁心里的阴霾并未拂去，反而更加抑郁。他说过，皇上昏庸，朝廷混乱，地方就会不安，张家土楼里果然就进了蟊贼。虽然黑大汉走了，可日子长着哩，谁能保证绿大汉、灰大汉或蓝大汉不来吗？子子孙孙还过日子不过？为此，忧国忧民的星魁惶惶不安，接连失眠。这天晚上，他做了一个奇怪的梦：他睡不着，独自一个人在村前那座山头转悠。忽然，东岸闪出一道霞光，一朵祥云上站着一位白须老头，手执一柄银刷，飘然而至。老头对他说："张公，我知道你遇了大事而心神不宁，玉皇大帝差我太上老君下界为你慈善人家辟一块太平圣境，可世代安宁。"说罢，便让他也站在云头上向北飘去，飘过乳河上空，顺月亮湾后那条长长的山梁上空，来到高高的山头。太上老君说："此山名太平山，永久太平之意。山的阳面有一片悬崖，夜里发光如一轮月亮。你再看这月亮上有玉兔、桂树，还有两个人，男的叫吴刚，女的叫嫦娥。他们正远离凡尘，高高在上，洁身自好，安享其乐。"

太上老君又给星魁讲："你当在这太平山'月亮'上凿许多孔洞，一方面可以躲匪患，有难时全家安居洞中，任兵匪、邪恶奈何不得。另一方面，洞凿好之后，神灵即入驻，日后祖祖辈辈万古千秋，不仅是你们张姓人家，亦为方圆百姓造一洞天福地！

太上老君说罢，驾祥云回天宫去了。

此时，睡在床上的星魁醒了，他眨了眨眼，才意识到自己做了一个梦！

第二天，星魁把他的梦给大翠、小翠讲了，给子女们讲了。他要在太平山的"月亮"上凿洞，并带领全家人登太平山看了地方，大家都说好！

凿洞的工匠们是从华山脚下请来的。华山高峻、险要，又有坚硬的花岗岩，哪儿凿地基，哪儿凿险道，哪儿凿新洞，都是山脚下石匠们凿的，他们技术娴熟、精湛，是最佳人选。

一行数十人，吃住怎么办？说来也巧。在太平山右边不远处，有偌大一块平台，名曰太平台。不知道什么年代，在太平台上盖有三间庙，另有三间伙房，里面有锅有灶，还有碗盏，灶具齐全。庙的一侧有个大水池，四季不涸。每逢庙会，远道而来的善男信女就在这里自炊自食，乐在其中。庙是龙王庙，敬奉着龙王爷，保佑风调雨顺，五谷丰登，万民安康。

凿洞的工匠们吃住在龙王庙，所以后世又有一则优美传说。上天得知星魁要在太平山“月亮”上凿洞，就差东海龙王的一个女儿带神水前来太平台筑屋、蓄水让张家使用。不仅如此，上天还于一夜间，在紧挨太平山与太平台西南边那座秀美的山巅上盖了一间玲珑小庙，将齐天大圣请来安居庙中，以保太平洞永远太平。因为孙悟空智慧超群，火眼金睛，天下无敌。

人们说，只要你身居太平山，把心静下来，双眸微开，往往就会看见，孙大圣挥舞金箍棒，时而腾云驾雾上了天，时而在空旷的太平沟和高峻的太平山上盘旋，一派英雄气概。

开始凿洞了，太平山月亮崖上整天叮叮当当，热闹非凡。有许多物资要往山上运送，凭人力太艰难了，住店的骆驼队商人就牵出两匹骆驼从油坊沟绕道上山，从山梁一直把物资运到了太平山工地。骆驼亦步亦趋爬行的优美姿势非常有趣，人们就把那一条道叫骆驼路。当然，有时还用骡马驮运东西，有人又把那条路叫骡马道。

星魁虽然上了年纪，可腰不弯、气不喘，往往一天从骆驼路上走几回。有一天，两个小孙子缠住他说：“爷爷，我们也要上山去看打洞。”

星魁没办法，就答应了，说："路要自己走，我可不背你们。"

孙儿高兴了，连喊："不用背，我们自己能走。"

阳光灿烂，山野生辉。只见一个老头带领两个小孙子，行走在骆驼路上，一路喊喊叫叫，享不尽的天伦之乐。

经过九九八十一天"大兵团"作战，洞终于凿成了，一共 13 个。各洞都安了门，洞内进行了装修，放置了家具，又将洞群的四周围了护栏，建了大门。

这一年是明嘉靖三十年。

洞凿成了，除了老年的星魁和大翠、小翠住外，九个儿子、九房儿媳各有一洞，一共 10 个洞（其余三个洞另有用处，随后详说）。这些洞除躲匪患、兵丁之外，还藏金银珠宝，对张家人的生命财产起到了很好的保护作用。比如，天刚黑，闻到风声说匪兵从杨斜上来了或从鸡冠岭下来了，月亮湾要遭殃，全家老小就立即撤出土楼，顺骆驼路到太平洞躲避。有时住一个夜晚，有时住三五天或十天半月，按照隐藏在树林中看守土楼和瞭望敌人动向的家丁报告的情况而定。此后，随着社会变迁，太平山洞群发挥着不同作用。可以这样说，月亮湾张家第一代先祖星魁煞费苦心，在太平山凿的洞群一如八达岭长城、兵马俑、莫高窟等古建一样，为子孙后代造福……

中篇 洞群

1. 福字洞

福字洞，亦名大平洞。星魁对造字的古人佩服得五体投地，比如这个“福”，左边“礻”字旁是祈求、祈望的意思。祈求、祈望什么？没有特别高的要求，只是“一口田”，只要有一块糊口的田地就可以了，填饱肚子而已，这就是福——福分、福气、福星、福利、福地、千福、万福……

星魁这样一想，就笑着对凿洞师傅说：“常师傅，请你在这后壁上给我錾一个字。”

“錾字？”常师傅颇为惊讶，说：“几十年来，在河南、山西、陕西地面，我打过多少洞，可在洞里錾字的……”

星魁忙问：“不多？”

常师傅说：“据我所知，不是不多，而是没有。洞里只有凿佛像的，你老先生是要开先河呀。”接着问：“你要錾啥字？”

“福。福分的福。”

“啊！”常师傅惊呼一声，说：“你想得甚远，要你的子孙后代永远享福!”

星魁说：“我还没想那么远。”

常师傅说：“事实就是这样。你没看，尘世上的人，来的来了，走的走了，匆匆忙忙，有的孙子连爷都见不到。可在洞里錾的字能留存下来，不只流芳百世，而且千秋万代。”

“是吗?”

常师傅说：“怎么不是?在这样高的深山，不光凿了洞，还錾了字，保存完整，鲜为人知，岂不流传千古?!”

星魁说：“照你这么说，你们帮我凿了洞，功劳同样是千古流传!”

常师傅笑着说：“也可以这样说。人盖的房子会一代代更换，可这山洞真是永存呢!”

“永存！永存!”星魁慨叹着，就提笔在洞正面石壁上写了大大一个“福”字，还觉意犹未尽，又在“福”字上方写了四个小一点的字——“高山太平”。然后，星魁对看他写字的常师傅说：“万事皆有缘。我写你錾，两个普通人精诚合作，让‘福’与‘太平’永存于世，让天下永远太平，愿人人都有福。”

一句话说得常师傅热泪盈眶，忙握住星魁的手，说：“张老板，你可是世上最好的人啊!”

“福”字錾好后，在跟前置了香案，在地上放了蒲团，来人都顶礼膜拜，直至今天。

这就是著名的福字洞。

其实，对“福”的崇拜和向往绝不是少数人，也不限于普通老百姓，连皇上对“福”也着迷得不得了!

自星魁在洞中写了“福”字，请石匠凿在那儿以后100多年后的一天，大清康熙皇帝兴趣大发，也提笔写了一个“福”字，又时隔300多年以后，不知哪位极具商业头脑的人将“康熙御笔”大量印刷，供春节张贴，以求福至。千家万户贴“福”字，一时洛阳纸贵，据说有人还为此发了大大一笔财。

“福”字内涵丰富，极具魔力。

尊敬的张星魁先生，您老人家远见卓识，居然400多年前就为后人在深山石洞中创造了“福”！可钦可佩，令游人肃然起敬！

2. 财源洞

开始凿洞时，星魁不禁暗暗吃惊，工程这么艰巨、浩大，需要花多少银子啊！尽管是计划好了，可不由吓人一跳。是啊，那么多银子，怎么来呢？谢天谢地，阿弥陀佛！星魁想起了他的万盛恒。当初，他在安徽老家做生意之前，为东家到武昌办货，抽空登了回武当山，在道观遇到了一位道士。这位道士80多岁，目光睿智，仙风道骨。据说，他曾考取过进士，在某地做官，后来发现朝廷腐败、官场险恶，就弃官上武当山做了道士，研究起古籍。星魁与老道士投缘，说他要独当一面做生意，请其指点迷津，为他起一商号名。

老道士仔细看过星魁面相，问了生辰八字，掐指盘算一阵，念念有词道：“就叫万盛恒吧！”

“万盛恒？”

“是的。”老道士说：“万者，十千为一万，数目多矣；盛者，兴盛、茂盛，是说你做什么生意都成；恒者，恒久不衰。”老道士说着，顺手在纸上写下三个大字，赠给了星魁。

星魁双手接过这幅字，受宠若惊，感恩戴德，说不出一句话。

老道士叮嘱他：“年轻人，你有能耐，可还要广读书，遍知古今事。要以善为本，诚信为怀，不做奸商。”

星魁牢牢记住了老道士的话，从此身体力行，万盛恒开业后，一直生意兴隆。“吃水不忘挖井人”。有一年，星魁专程登上武当山要感谢老道士，他有很多话要对老道士说。然而，老道士早已羽化了，他跪在老道士墓前，悲痛欲绝，潸然泪下……

星魁深知，几十年来张家一直财源滚滚、兴旺发达，全是万盛恒带来的，是那位老道士赐予的。因此，他请石匠在另一个洞里錾了“万盛恒”三字以作纪念，亦包括了对武当山那位老道士的深深怀念。

当然，凿洞的巨银是万盛恒赚来的，万盛恒以诚信为本，财源滚滚。这就是“财源洞”的来历。后来，不知道谁在洞里置一香案，请了一尊财神像，所以此洞又名“财神洞”。

3. 祖先洞

这一天，星魁从太平山洞中回来，吃过晚饭，正要睡觉，却被大翠、小翠拦住了，且训斥了起来：“姓张的，你真是过河拆桥，忘恩负义，没良心！洞凿成了，应安置的人还没有安置。”

星魁这才明白，那是姊妹俩要他在洞里安置辛庆余和孙氏的灵位。二位老人对他这异乡人实在太好了，让他住月亮湾，让他安居乐业，对他悉心关照，尤其把两个掌上明珠托付给他，生儿育女。固然，两位老人先后去世时，他披麻戴孝，守灵七天，待了海客，空前隆重，人们称赞他是孝子，尽了孝心。可星魁仍觉不够，尤其大翠、小翠越对他体贴，他越感到对二老歉疚。现在姊妹俩说到在洞里“应安置的人还没安置”，他说：“你姊妹俩说得好。岳父岳母一如父母，现在洞凿好了，将二老的牌位安置洞中，也是儿女的一点心意。”

大翠、小翠哈哈笑了，说：“你想错了！我们的父母寿终正寝，已入土为安，你早已尽孝，再不必操心了。”

星魁呆站在那儿，瞠目结舌。这姊妹俩葫芦里卖的什么药？就问：“你俩什么意思，让我丈二和尚——摸不着头脑。”

大翠、小翠听了，你看着我，我看着你，才觉得刚才的话太突兀，便慢慢分别讲了各自的梦。

大翠的梦：夏日午后，太阳红彤彤。村前河里的水清凌凌，冲着一块块洁净的白色、绿色石头，溅着浪花向下游哗哗流去。一个漂亮姑娘，用笼提几件衣服，带着皂角，拿着棒槌，来到河边，挽起袖子，蹲在一块青石头上，洗起了衣服。然而，一时没留意，突然间发大水了，高高的浪头裹着白沫，排山倒海而来。眨眼间，洗衣姑娘被大水冲走了，又哭又叫也无济于事。这洗衣女正是大翠。被汹涌澎湃的河水冲着的大翠意识到完了，怎么须臾间就要死了？爹啊，妈啊，我还很年轻啊！她怀着对生的无限留恋，哭得悲天悯地。恰在此刻，一个人从天而降，扑在水中，抓住了她。这个人是个女的，高高的鼻头，樱桃小口。她双腿颀长，在水中来去自如，一句话也没说，把大翠救了出来。

大翠醒了，方知做了个梦。

小翠也做了个梦，与姐姐的梦异曲同工，有许多相似之处。小翠的梦是这样：盛夏，赤日炎炎，满目碧绿。跨涧，上坡，穿林，从葛牌镇到月亮湾的几十里弯弯山路上，正行走着一个姑娘，婀娜多姿，正是小翠。小翠去她姨家走亲戚，如今正在返回。她刚走到岭头上，忽然天变了，乌云压顶，咔嚓一声，电闪雷鸣，霎时大雨倾盆。小翠没戴草帽，也没拿雨伞，头上雨水如注，浑身衣服湿透了，贴在了身上。然而，前无人家，后无住户，山黑林深，到处是洪水，怎么办？没有退路，只能向前走。小翠知道，前边有条深沟，古木参天，跨过去了，顺砭路朝南，离家就不远了，可以见到爹妈，见到姐姐了。可谁知遇到了危险，差点儿给她带来灭顶之灾。小翠还没有跨沟的时候，雨地里只听“呼”的一声响，沟道里哧溜一声，钻出一条黑色蟒蛇，油光发亮，前不见头，后不见尾。那蟒蛇有桶粗、数丈长，在潮湿阴暗的深山老林中生活。儿时，听大人说，蟒蛇吃东西，不叫吃，叫吸。比如看见前边有一只兔子，它就用力一吸，趁兔子跑的当儿再吸，兔子就禁不住后退几步。如此这般，蟒蛇一步步把兔子吸到肚子里去了，然后慢慢消化。蟒蛇不光吸兔子，还吸飞禽，吸野山羊……有一次，一条蟒蛇把一个砍柴人吸到肚子里去了。

小翠淋着大雨，看着蟒蛇，想起蟒蛇的厉害，害怕极了。她想哭不敢哭，想叫不敢叫，躲又无处躲。若让蟒蛇吸到肚子里去，骨头都会成为渣渣，如何得了？这一辈子不是眨眼间就完了吗？小翠快要哭了。恰在此刻，从天上飘飘然飞下个女人，与在滔滔河水中救大翠的那个女人一样：白净的瓜子脸，弯弯的柳叶眉，美丽的丹凤眼，高高的鼻梁，樱桃小口。她从天而降，站在小翠面前摆摆手，意思是说有我保护你，怕什么？接着，她伸出右手中指和食指，对蟒蛇轻轻划拉了几下，口里念念有词，那蟒蛇就哧溜哧溜到对面山林中去了。小翠安然无恙地回到了家里。小翠醒了，浑身汗涔涔的，原来她做了个梦！

第二天，大翠给小翠讲了她的梦，小翠也给大翠讲了她的梦。姐妹俩思忖一番，这梦是什么意思呢？最后达成共识，那是梅香姐给她俩托梦呢。梅香姐是多好的人，可怜她生前不知道妹妹大翠、小翠会代替她的位置和职责，含辛茹苦把老大、老二、老三养大，让他们成家立业，把星魁关照得健健康康，一家人团结友爱，和睦相处，红红火火。这一切，梅香姐的在天之灵都看到了，一直关爱和保护着大翠、小翠，因此她给两人分别托了那样的梦。

梦清楚了，大翠、小翠心里放不下，就于当天夜幕降临时，拿上香、蜡、纸，到梅香坟上点蜡、焚香、烧纸，叮嘱一番，祷告一番，也感激一番。就在梅香坟前，姊妹俩有个动议，如今一见星魁，就不禁把他批评、抱怨一番，要讲出她俩的决定。可星魁误会了，以为姊妹俩要他安置岳父岳母呢。大翠讲了她和小翠做的梦，接着说："你一定要有良心，不能忘本。梅香姐陪你跋山涉水几千里，从安徽老虎沟来到陕西月亮湾，生儿育女，安居乐业，不容易啊，可她……如今咱儿女都大了，日子像火焰一样（红），又在太平山凿了洞，会万古流芳。咱每个儿子都有洞，你也该给梅香姐留一席之地吧。"

小翠说："选一个洞，置上香案，给梅香姐画一幅像，放在那里，也是念想。"

星魁听了大翠、小翠的话，心里酸楚楚的，想哭。梅香离世多少年了，可她俩并没有忘记她。什么"托梦"？日有所想，夜有所梦。他也曾想梦中见到她，一起说说话，可是从来没有。他听了大翠、小翠的建议，就说："那就这样，把祖先的牌位也敬在里面。"

按照当地祭祖先的方式，星魁在一张红纸上竖着写下"张氏历代祖宗考妣大人神主"，然后贴在洞的后壁上。牌位前，紧靠后壁，置一张长条桌。桌上除了放置香炉，还放了一张梅香的画像，她是那样年轻、漂亮，这是小翠的杰作。小翠心灵手巧，又见过梅香，就画了一幅梅香的画像。

若干年之后，也就是星魁、大翠、小翠百年以后，经子女提议，由老八画了星魁、大翠、小翠的画像，并排摆放在那里。不过，星魁、大翠、小翠都是老年时的画像，正襟危坐，庄重大方。相比之下，梅香的画像年轻、漂亮，仿佛比三个人小了好几辈。老八是民间画师，关中许多大庙里的壁画都出自他和他徒弟之手。

这就是祖先洞的来历。

4. 文昌洞

星魁是一位宽厚善良的人，据说他走路时发现前边有只蚂蚁，都要绕道走。然而，再善良的人，也会有威武的时候。有一次，星魁干了一回非常“残酷”的事，令全土楼的人都闻之震惊。那是在土楼的家神庙里，星魁关了门，扒光了一个年轻小伙子的裤子，绑了手脚，用皮鞭在他的屁股上抽，“叭”的一声，挨鞭人就大叫一声：“妈！”后来小伙子的屁股上不仅有条条鞭痕，还流了血。

小伙子是星魁的儿子，老九。

老九何以受这样的酷刑？打架？斗殴？偷人东西？统统不是。老九与几个花花公子鬼混，荒废了学业，几次乡试都名落孙山。老九本来天资聪颖、勤奋上进，考取功名是不成问题的，可……

星魁搞清原因，几乎气疯了。你小子竟成了脱缰野马，糟蹋家人的血汗钱，老子不打死你才怪呢！又抽了一鞭！

任谁前来求情，星魁也不开门。老九是小翠所生，毕竟母子连心，她心疼极了，就去叫门，还是不开。这时，赖春风想了个计策，忙敲着门喊：“掌柜的，老九他娘气晕了！”

“气晕了！”星魁知道，小翠性子烈、脾气大，若有个三长两短，划不来。他放下鞭子，开了门。这一开门，如开了闸，众人一拥而入，大翠进来了，小翠进来了，老大、老二几个在家的儿子进来了，都跪下求情。小翠哭得撕心裂肺，解了绳子要老九向星魁回话："老九啊，你咋不听话呢？你爹为谁？还不是为你好吗？"

老九毕竟是懂大理的孩子，他在挨皮鞭时，已知道自己错了。人没有志气，就管不住自己，百事无成。他想下决心……见两个妈，还有哥哥们，都为他……再说，爹的脸都气青了，浑身在发抖，就连忙跪在星魁面前，哭道："爹爹，孩儿一定做你的好儿子！"

星魁把老九的衣服捡起来给他披上，哭道："娃啊……"

老九的伤势不轻，好在他的两个妈早年从外爷那里学习了治疗外伤的方法。

一个月后，老九的伤痊愈了。他只身背上东西上了太平山，进了分给他的那个洞。

老九在地上铺开被褥，将书籍和文房四宝放在桌上，伏案写了"文昌帝君"牌位，敬奉在那儿。他知道，文昌帝君为学问、文章、科举士子的守护神，主人间寿夭祸福、官禄升迁。所以，老九敬奉文昌帝君神，以求保佑他金榜题名，光宗耀祖。

老九豁出血本，在洞中专心致志温习功课，不达目的誓不罢休。白天他在龙王庙伙房里自炊自食，夜晚他在洞中地铺上憩息，每日与山林为伍，过起了两耳不闻窗外事的日子。

老九上山进洞前曾与父母约定，除伙计小林定期上山给他送米面油盐等物之外，不允任何人上山干扰他，他也绝不下山。老九说，他要"头悬梁，锥刺股"，向古人看齐，刻苦用功。老九给自己定了三年时间，1095天，时间熬不够，功夫不到家，学业不会有什么长进。

三年时间，1000多天，两个母亲心疼了、担心了，老九自幼生在福窝里，那样的罪咋能受得了？她们多次要上山看看，都被星魁呵止了，说：“不吃苦中苦，难为人上人。你们看他干什么？又不是小孩子了。再说，他今后的路长得很，都要靠自己闯，咱做父母的，能照看他一辈子？”二人一听都抹起了眼泪，责备丈夫的心像石头一样硬。星魁却哈哈大笑，说：“害是亲，亲是害。让他自己磨炼去吧！”

三年时间，说长也长，说短也短。仿佛一眨眼间，已过去了三个年头，老九下山了。当他走进张家土楼大门时，所有人都惊呆了，这哪是老九啊，分明是个野人！只见他胡须搭胸，乱发披肩，棉裤、棉袄开花。小翠见了，看了半天，扑上前去，抱住“野人”，哇的一声哭了，叫道：“我的儿啊……”

大翠见了，星魁见了，哥嫂们见了，几个侄儿、侄女见了，都有各种感触，共同的认识是：老九受苦了！

大翠忙叫人烧水，让老九洗了澡、理了发，换上了新鞋、新袜、新衣服。几个小侄儿看了，连连叫道：“瞧，现在才是真叔叔了！”他们的妈妈便笑了，反问：“难道刚才是假叔叔么？”

哈哈哈！逗得众人都笑了。

只要功夫深，铁杵磨成针。功夫不负有心人，在随后的考试中，老九考取了进士。不过，他已不叫老九，而叫张斗胜。

张斗胜后来功成名就，奉朝廷之命赴秦巴山区一个叫清河的县当了县官，群众称他为张太爷。

张太爷上任后，很快就把全县走访了一遍。清河县有一条清悠悠的河水，自北向南从全县流过，而东边、西边又有 13 条小河水由深山流出，注入大河。不管大河、小河，河道都很宽阔。张太爷征得百姓同意后，就展开了一项伟大工程——修河滩地。即把河道夹窄，在两边砌了大堤，修了一块块坪地，用山坡的肥土垫了，种上了旱庄稼，有的还栽了水稻。为了抗旱保丰收，在新修的田地中开出了纵横渠道，将河水引来日夜淙淙流淌，便于灌溉。

在三年时间里，修河滩地 5234 亩，清河县变成了粮仓。老百姓对张太爷赞不绝口，有的地方给那新修的地取了一个响亮的名字“张公田”。

张太爷干的第二件事是植树造林。清河县有大片树林、竹园，但他认为还不够。山常绿，水常清，粮才能丰。所以，他在组织植树造林的同时封山育林，并制定了规章制度。比如，偷伐一棵树，罚栽十株；偷伐十棵树，罚栽一百株，另罚缴白银二两，等等。

老百姓对此十分拥护，积极行动起来。可是，有些人却阳奉阴违……

有一天，张太爷老家月亮湾发生了一件蹊跷事。这天是十月初二，日光暖暖，张家一大家人，包括伙计、仆从，在餐厅坐了三桌，为星魁过寿。星魁熟人多、亲戚多，儿女早就张罗要给他过大寿了，可他不同意，说：“如今人忙，又要人家破费，闹哄哄一场不值当。不如一家人在一起吃顿饭，享受一下天伦之乐，多好。”

正吃饭时，从土楼大门口进来了三个陌生人，脚穿布鞋，长袍马褂。星魁一直奉行一条规则，就是来的都是客。尤其正吃饭时，来了人就叫吃饭，谁出门能带锅？所以，见这三个人到来，星魁就请他们入席，吃菜喝酒。

酒足饭饱之后，家人都散了，那三人并没走，才说："张老先生有所不知，我们仨今日是专门给你祝寿来的。祝老人家福如东海，寿比南山！"

星魁很诧异："专门祝寿来的？我怎么不认识？"

来人思忖，不能再隐瞒身份了，否则长途跋涉有何意义。便自报家门，说："我们是您老的儿子张斗胜张太爷任职地清河县人。张太爷爱民如子、劳苦功高，清河人皆感恩戴德。今日逢老人家大寿，我们特来略表孝心。"

星魁明白是怎么回事了，忙说："劳驾！劳驾！"便让客人们先休息。可是，客人们执意要走，说他们去商州城会朋友。

客人走时留下一个沉甸甸的包裹，说聊表心意，权作寿礼。

星魁心生疑惑，颇感诡秘，却琢磨不透。直到晚上在灯边打开包裹，他才猜到了八分。包里有60两银子，还有一张纸条，上书"张老先生收讫"。末尾写有三人的名字：封田贵、腰从合、仰禄林。

星魁问大翠、小翠："你俩分析一下，这是什么意思。"

大翠说："说不清。"

小翠笑道："给你老人家送寿礼么！"

星魁说："的确是送'寿礼'，可这里边有猫腻啊！"

猫腻？

星魁说："如今世事复杂，有些人为达到不可告人的目的，就想方设法拉关系、走后门。咱老九当个七品县官，封田贵他们就把手伸到他老子跟前来了，真是煞费苦心。”

大翠、小翠点头说：“是，是这样。那咋办？”

星魁说：“像这样的事，有些当官的盼红了眼，他们行贿受贿、瞒上欺下、大发横财，咱们可不能这样。做人要有良心，若没有良心，还算人吗？做官更要有官德，若没有官德，还当什么官？有脸当官吗？”

星魁想了想，接着讲：“俗话说，平时吃瓦碴，到时屙砖头。贪占习惯了，成了瘾，可不得了。”

大翠心里很沉重，脸上一直阴着，哭也不是，不哭也不是。她指着那银包，问星魁：“这咋办？”

星魁说：“给人家送回去吧！”

星魁给老九写了一封信，说明封田贵、腰从合，仰禄林三人从清河县远道而来祝寿的事，便打发伙计小林带上信和那 60 两银子，第二天清早就去清河县交给了老九。

老九一看爹写的信和 60 两银子，不由得大吃一惊。封田贵这些人为达到自己的目的，真是费尽心思，无孔不入。他们三人是清河县三个村庄的要人，手里有一定权力，人称土皇上。只说封田贵吧，骡马成群，良田百亩，是一个大富户。应该说，富是大好事，民富国才强。但封田贵的富不地道，比如每年给村里各家各户分派的田粮，经他的手总要偷偷摸摸多收一些占为己有，就是如此一天天变“富”的。功怕细算，积少成多，封田贵就这样为自己积累了可观的财富。百姓的眼睛是雪亮的，对于封田贵的贪占，人人心知肚明，可都不敢多言，只能百般忍受。一方面是因为他有个好老婆，待人和蔼、客气，对谁都好，见了年长的“哥”“婶”不离口，见了小孩便摸摸头，说“看我娃亲的”。村里再穷的人家，若有红白喜事，她总提前去，或帮忙，或送礼。俗话说：“家有贤妻，男人不遭横祸。”有老婆出面打理，谁好意思把封田贵怎么样？另一个原因，封田贵很会和县太爷搞好关系。比如历来新知县前来上任，他都会想方设法送礼，以求保护。那天，张斗胜体察民情时，到了封田贵所在的村庄，和封田贵聊了起来。狡猾的封田贵不知怎么就讨问出了张斗胜父亲的生辰，约了同类腰从合、仰禄林带了重金前往月亮湾送寿礼。

张斗胜及时把银子如数还给了封田贵、腰从合、仰禄林，并对他们进行了严厉批评。不过，从“封田贵事件”中，张斗胜了解到下属官吏偷偷摸摸压榨老百姓的事情，对几个民愤极大者，令其退还侵占的财物，撤职法办以儆效尤，对廉洁奉公者进行了表彰，并将奖惩情况刻碑立在衙门口昭示世人，煞住了贪占之风。百姓无不称颂，都说：“张太爷是清官、好官！”

张斗胜不仅对下属要求严格，自己更是率先垂范，廉洁奉公，关爱百姓，有口皆碑。

张斗胜任知县八年，后晋升为知州，直至告老还乡。

张斗胜还乡时，百姓们给他送了一块块匾，有“爱民如子”，有“为政清廉”，有“造福百姓”，有“富民一方”，有“两袖清风，一尘不染”……这些大匾，有的悬挂在祠堂，有的陈列在他曾经苦读过的山洞里。

张斗胜对这孔洞感情深厚，回乡第二天就亲自登临朝拜。桌尚在，文房四宝尚在，地铺尚在，他所写的“文昌帝君”的牌位尚在。光阴似箭，岁月如梭，几十年过去了，一切尚在，无比亲切，如在昨日！

前边说过老八是画师，老九张斗胜就请八哥在此洞中塑了文昌帝君像，雍容慧颜，座下驾白驴，有二位神童陪侍。后人将此洞叫文昌洞。

从此，一代代学子都前来敬奉文昌爷，有的学子竟学当年张斗胜的样儿，在洞中苦读、夜宿……

5. 闯王洞

闯王洞，是太平山洞群中的一个。提起它，就要说到张庭广，他是张星魁的重孙，至于是哪个孙子的儿子，就说不清了，因已无资料可考。

张庭广自幼不爱读书，但很聪明，思想活跃，尤其行动敏捷。一次，他和小伙伴比爬高，攀登村前的玉皇山，结果别的孩子气喘吁吁还在半山腰，他已登上玉皇顶，手搭嘴巴大声喊："嗨……哟！嗨……哟！"村里人都听到了，就有人说："瞧那广子多匪（不安分）！"

秋天，张庭广同几个婶婶去后沟打猪草，来到一棵柿子树下。一位婶婶说："瞧那个丹柿多红，一定很甜。"张庭广说："我给你摘丹柿去。"婶婶说："不敢去，恁高的。"可张庭广猴儿似的，早已爬到高高的树梢上了，还把树枝一摇一摇的。树枝眼看就要断了，把几个婶婶吓坏了，可张庭广不怕，摘了丹柿下树，离地面有丈把远就丢开手，飞鼠一样"呼"地扑了下来，引起婶子们的一片惊叫，说："小广子，你把人吓死啦！"

张庭广长大后，拜师出坡打猎为生。

拜打猎的师傅有规矩：半夜三更起床，带上礼物摸黑赶到山神庙（师傅早已在那儿），点灯给师傅打过招呼，就跪下向山神烧香焚表、磕头作揖，然后向师傅磕头作揖，表态说："师傅，请收下徒儿，我保证听从指挥，不敢胡来。一旦为师，终身为父，永远孝敬。"

师傅不吭声，嘴里呜隆呜隆默念一阵什么，伸手摸摸徒儿头，收徒仪式才算完毕。接下来，师傅便给徒弟传授起打猎行话（也叫黑话）：跟踪（猎物），叫跟叉；搜索，叫吆仗；埋伏，叫坐点；猎物被击中，叫圆了；猎物下河，不能说"下"，而要说"扎"，叫扎河；猎物受伤未死，叫带了；准备上山打猎，叫出坡；狩完猎回家，叫收坡。出坡时不能带干粮，意思是有吃食可能打不住猎物，饿极了就喝几口泉水或吃几口雪。师傅说："饿极了，吃几把雪，多舒服啊!"

师傅还说："出坡时不能背抄着手，背手意味着'倒霉'。在山林里相互联络时，不能喊对方名字，那不吉利，会丢魂。要喊'啊、呵、吆'。不能直呼猎物的名字，而要用代号，比如：豹子叫花子，熊叫黑子，山羊叫咩子，狐狸叫媚子，野猪叫货，狼叫虫等。还有，把公猎物叫好的，把母猎物叫草的，把刚出生的猎物叫底子。"

张庭广笑了，说："师傅，咋有这么多讲究？"

师傅很严肃，说："世上什么饭都不好吃。"

张庭广聪明好学、行动快速，不到两年就出师了，每次出坡必有收获。有一次，他还打了一头野猪，让全村人尝了一次野味，人们都说："咱广子真行！"

明崇祯十三年（1740），刚入冬头一日，天空飘着雪花。张庭广挑了几张狐狸皮和一扇山羊肉到杨斜街去卖，赶集的人很多，熙熙攘攘。张庭广把狐皮挂在木厥上，把羊肉挂在架子上，拿出了尖刀。他没有带秤，就用邻居的。

今日运气不赖，从县城来了两个有钱人，看上了狐狸皮，说要买给他爹和他岳父做围脖，就买去了。张庭广接着卖山羊肉，他这人眼准、手准，顾客要割二斤（肉），他八九不离十，上下差不了一两半两，最多差二两，人都把他叫一杆秤。

雪慢慢大了，纷纷扬扬，肉也卖完了，张庭广准备返回。恰在此刻，不远处一个卖猪肉的和一个买猪肉的吵了起来，一个说“你心重”，一个说“你黑心”。互不相让，竟骂了起来，还要打起来。卖肉的伸出刀，买肉的举起一块石头，围观的人很多，都不敢阻拦。张庭广着急了，这是要出人命吗？他记得去年有两个人为芝麻般的小事吵架，结果一个把另一个打死了，活着的被衙门抓去判了刑。说时迟，这时快，张庭广立刻扑上去，一只手抓住卖肉的手，另一只手抓住买肉的手，雷吼般喝道：“住手！”

这一突如其来的举动，使那两个人清醒了，也害怕了，都呆站在那里不动了！张庭广这才发话：“你们是有钱人，还是当官人？估摸都不是，跟兄弟我一样都是下苦人，也是可怜人。可有啥过不去的事，还闹人命呀？真个可怜，命就不值钱？”

虽然是简简单单几句话，可比往脸上打几个耳光还厉害，买肉人和卖肉人都蔫了，自行解决他们的纠纷去了。张庭广怒气冲冲地离开了集场。

当张庭广过了河上的列石，顺山脚的路正往回走时，一个人从后边叫住了他：“兄弟，兄弟……”

张庭广回头一看，叫他的人浓眉大眼，两只手掌很大很厚，紧紧握住了他的手，自报家门说：“我叫张和尚，本县西沟峪人。因小时候家穷，大人送我去庙里当了半年和尚，后来给财东家当长工，如今……”张和尚此时差开了话题，说：“兄弟，我刚才在集上看到你劝架的事，特别感动。兄弟你是两肋插刀的好人，真是英雄好汉。当今这世上，就需要兄弟你这样的人。”

虽是陌生人，可这一席话说得张庭广心里热乎乎的，眼里都有了泪，说：“不瞒你说，我是可怜人，没有兄弟姐妹，爹妈早早病故了，多亏族人心好，今日这家、明日那家混饭吃。后来，我拜师傅学打猎，满山跑总觉得孤苦伶仃。大哥，咱俩都姓张，算是一家人！”

“好！咱就是亲兄弟，打虎不离亲兄弟。”

张庭广说：“大哥不忙的话，去兄弟家看看？”

张和尚答应了，就跟张庭广走。走着走着，他笑着说：“你叫庭广，庭是厅堂，广是多，家里一定是厅堂瓦舍，大庭广众吧？”

张庭广不屑地说：“我们族中有文化人，就给我起了这个好名字。家里你一去就知道了。”

雪还在下，山林坪地到处一片白。张庭广领着张和尚进了一条叫秦岭沟的窄沟，到半沟之后顺西坡树林中的弯弯小路，好容易上了山梁，再往前走一段，只见有许多孔山洞。这就是太平山的洞群。

张庭广把张和尚领进了其中一个洞，这个洞被后来人称为“闯王洞”。

张和尚走进洞中，只见有床、铺盖，还有几样家具，虽非前厅后院，但能安居，尚且不错。可是，令张和尚不解的是，古洞中有个女人，难道是古洞藏娇？

古洞里有个年轻女人，20岁出头，留有刘海，人很妖娆，正在纳鞋底。见张庭广领陌生人到来，她莞尔一笑，正要问话，张庭广介绍说："这是我媳妇，叫彩秀。"彩秀连忙放下针线活，说："我给客人做饭去。"便出洞到龙王庙灶房去了。雪已停了，满山一片白。

张和尚和张庭广拉起话来："老弟真有艳福，弟妹很漂亮，怎么走到一起的？"

说来话长，张庭广就讲了情况：

出坡要两个人配合，可去年秋天的一天，因为师傅有事，他就一个人出坡了，到岭北一个叫犁湾沟的地方。刚上坡就发现一头野猪，他用弓箭瞄准"嗖"地射了出去，野猪"带了"（受伤），却没有死，疯狂向前跑去。野猪一般走直线，这头野猪没有一直往前跑，因为前边是高高的悬崖，挡住了去路。野猪晕头转向，折身再跑，忽地到了他面前，看样子是要咬死打它的人，但惯性太大，就把他狠撞了一下。"带了"的野猪扑到深沟里，再也没有起来。他连滚带爬，被一堆树丛挡住了，晕了过去。

一个姑娘出门砍柴，发现树丛里倒了个人，到跟前一看是月亮湾的猎人张庭广，一摸鼻端还有气，就轻轻摩挲他的喉管、面颊，并轻轻呼叫着："小广子！小广子！"过了半天，他终于醒了，睁眼一看，叫道："彩秀！"他们是熟人，他和师傅出坡时，曾不止一次在前边山林中彩秀家借宿。彩秀一步一挨地把他扶回家，让他躺在炕上休息，又去灶间熬了碗姜汤让他喝了。

张庭广问：“怎么不见大叔、大娘呢？”

彩秀说：“我舅家盖房，我爹妈给帮忙去了，把我弟也带去了。”

“你舅住在哪里？”张庭广问。

彩秀说：“柞水九间房，几十里地远，需要好多天才回来。”

张庭广一听害怕了，说：“你一个人，不方便，我要走。”

彩秀笑了，说：“有啥不方便的？厦屋还有炕，有地方让你睡。再说，天黑了，你的身体……”

张庭广在彩秀家待了三天，他舍不得走，她也不让他走。他就给她劈柴，说着说不完的话，还把那头野猪抬回来，褪了毛，开了膛，煮熟了，两人吃了几顿。山里天凉，又入了秋，煮熟的肉不会坏，就挂在楼檐的笼子里，等彩秀的爹妈和弟弟回来吃。

就在这相处的几天里，张庭广和彩秀私定终身。

张和尚一听，诡谲地笑了，问道：“青年男女，相处三天三夜，你们就那个了吗？”

“没有，绝没有。亲过、抱过是事实。”张庭广严正声明。

后来，张庭广托人去提亲，可彩秀的爹妈不答应。彩秀爹说：“小广子的情况我知道，人倒机灵，可太穷了，土楼里只有一间房，埋他爹妈时都卖了，如今在邻居家里混。我咋能把女子掀到坑里去？”

见爹妈不同意，再说都不行，彩秀就跟张庭广私奔了，住到这山洞里……

张和尚说："这山洞不错，还有那么多（洞）？"

张庭广说："这就使人想起了命，人的命真说不准。我爷爷的父亲叫张星魁，从安徽迁来的，是大财东，有大婆子、小婆子，还是亲姊妹。如果没有钱，姊妹俩能看上他？能跟同一个人？因为有钱，为了安全，我老先人请石匠在这太平山上打了许多洞。"

张庭广又说："和尚哥，这世上的事真是没样，我老爸爸那么富裕，可到我这后代手里，却穷得叮当响，只能靠打猎混日子。"

张和尚说："这有许多原因，其中一个最最重要的原因就是大明王朝太腐败了。国强民才富，国家好了，百姓才会好。可你看，现在大明王朝的皇帝腐败无能、荒淫堕落，国家已成为空架子，致使内忧外患，百姓苦不堪言。因此，一定要推翻大明王朝。"

张庭广一听，大吃一惊："推翻？"

"对！"

"能吗？"

"能！"

两人正说到关键处，彩秀叫吃饭了，话题戛然而止。

吃过饭，张庭广安排彩秀去另外一个洞睡觉了，他与张和尚在这个洞里接着前边话题继续说。

张庭广说："是该推翻，可大明江山铁板一块，犹如一座大山，咋推翻？"

张和尚说："人多力量大，靠百姓推翻。全国百姓联合起来，什么王朝推翻不了？闯王李自成已举起义旗，组织人马要推翻大明王朝。你知道闯王吗?”

“知道。”张庭广便念起了那句歌谣:“盼闯王,迎闯王,闯王来了不纳粮。”可闯王的人在哪儿?

张和尚说:“远在天边,近在眼前。”他指着自己鼻头说:“哥就是闯王的人。”

“你?”

“对。”

张和尚把南原战败后,闯王李自成率十八骑来商洛休养生息、屯兵养马的事讲了一番,说现在商州就有几百人,他们在西沟峪三官庙就驻有义军,每天磨刀霍霍。献殿门口那块六尺长的条石,就有五个兵蹴在那里磨刀,将条石棱角已磨出了一排五个凹陷的地方。

张和尚说:“趁今日杨斜逢集,我就是奉命来秘密招兵买马的。多亏咱有缘分,我就遇到了你。你见义勇为,我万分钦佩。你加不加入义军?”

“加入!加入!”张庭广大有三生有幸的感觉,摩拳擦掌,激动万分。

第二天一早,张和尚吃过饭就走了,说他要去南乡黑山,那里有一帮要加入义军的弟兄。

张庭广没有跟张和尚一起走,他给彩秀讲了他要加入义军的事,说:“我想,机会这样好,千载难逢。咱不加入义军,就没有活路了。”

彩秀想了想,说:“是好事,我同意。只是,我舍不得你。”说着泪花闪闪,扑进了张庭广怀里。

张庭广抱住彩秀,双手在她背上抚摸,嘴在她脸上亲不够……

张庭广第二天夜里走了，还带了三个要好的弟兄加入义军，正儿八经成了闯王的人。

张庭广等人在闯王的义军里训练了一段时间，于十一月出商洛，开赴河南永宁等县作战，势如破竹，所向披靡。

崇祯十七年（1644）正月，闯王在西安建立新朝，取名大顺。同年三月十九日攻进北京，崇祯皇帝一看大势已去，在景山自缢。

按说，张庭广跟闯王东杀西斩、南征北战，立有汗马功劳，可取得一官半职，荣宗耀祖。但是，可能因为过于耿直，又没有关系，四年后早春的一日午夜，张庭广背着一个小行李卷，回到了太平山的古洞里。彩秀以为是在梦中，一看果然是丈夫回来了，十分高兴，说：“只要你回来了，比啥都好。我每天都在担心你回不来，如今终于回来了。”

张庭广说：“多亏我命大，从死人堆里爬出来了。可惜，跟我一块儿去的三个人都不在了，和尚哥也牺牲了。”

夫妻分别多年，一定有很多话要说，可彩秀想着张庭广是不是肚子饿了，就说：“我给你做饭去。”一出去，就锁了门。

彩秀做的是手擀面，非常筋道。张庭广一连吃了三大碗，好吃极了！

当他们要回洞时，张庭广异常惊讶：“怎么有小孩的哭声？”

彩秀开了洞门，再点上灯，张庭广这才见地铺上坐一个两三岁的小男孩，用明溜溜的眼睛瞧着他。

张庭广很不客气地问彩秀：“这孩子？”意思是，这孩子从哪里来的？是谁的？

彩秀反唇相讥：“谁的？野的！”

“野的？”张庭广眉毛都竖起来了。

彩秀说：“你真是背着牛头不认赃。你看孩子浓眉大眼像谁？”又对孩子说：“叫爹。”她每天都教孩子叫爹。孩子瞧张庭广半天，终于叫道：“爹！”

张庭广抱起孩子，禁不住哭了，说：“彩秀，三四年了，时间不短，让你受苦了。”

彩秀说：“还不是苦了我爹妈，也苦了我弟弟。他们经常送东西来，有时还接我和孩子去住。”

可怜天下父母心，张庭广感叹道：“咱以后要多孝顺老人，多关怀弟弟。”

彩秀未接话头，接着问起了丈夫这几年在外边的情况。张庭广简要讲了些事情，侧重说起了他之所以回来的前前后后。彩秀说：“你不是要求得一官半职，光宗耀祖吗？”

张庭广说：“屁！我们打进京后，崇祯皇帝吊死了，大明王朝完了，应当是大顺的天下了，闯王和闯王的人却抱头鼠窜了，四分五裂，七零八落，无影无踪。”

彩秀听得懵懵懂懂，就问：“那是咋回事？”

张庭广说：“清兵入了山海关，进了北京城，还有闯王兵的米汤馍吗？哼，连骨头都啃不上。”

彩秀说：“清兵那么厉害，为啥不早些拦截？”

张庭广见彩秀一时听不懂，就说：“你甭急，我慢慢说。”就从崇祯皇帝说了起来。

其实，说公道话，跟他哥他爹他爷比起来，崇祯皇帝的确挺不错的。登基以后，他下定决心，顶住压力，将把持朝廷几十年、作恶多端的以魏忠贤为首的阉党清除殆尽，杀的杀，斩的斩。魏忠贤太坏了，起初是结了婚的，因赌博把年幼的女儿卖了，老婆只好跑了。魏忠贤决心进皇宫当公公，他一咬牙，自己把自己阉了。魏忠贤心毒手辣，一进宫就排除异己，取得皇上的信任后，更加肆无忌惮、无恶不作，朝廷内外都安插着他的人。魏忠贤想咋办就咋办，成了不是皇上的皇上，真正的皇上成了样子货，全国各地的大城市都给他修祠堂。祠堂是族人为去世的祖先修的祭拜庙宇，魏忠贤既没死，又是绝了后的人，修了那么多祠堂，既糟蹋老百姓血汗钱，又妄图老百姓千秋万代纪念他，真是可耻至极！对这样一个权力至上的霸王，崇祯皇帝朱由检并不畏惧，把他和他的爪牙们一股脑儿都杀了。

孩子睡着了，张庭广给彩秀继续说："闯王的人一进北京，顿时眼花缭乱，有些人非常糟糕，比如闯王的得力助手刘宗敏，居然把陈圆圆霸占到手，荒淫无道。吴三桂听说此事后，怒发冲冠，竟打开城门，引清兵入关，替他报仇。于是，清兵潮水般涌来，占了北京城，哪还有他刘宗敏之类的米汤喝?!"

正直人张庭广一看到这些人做的事，心里凉透了，想起他的彩秀，想起他的山洞，就换了一身烂衣服，混在逃难的人群中，出了北京城。当他走过保定，见一挑筐的小商小贩，操陕西口音，自称是潼关人。乡党见乡党，两眼泪汪汪。潼关乡党说："兄弟，你帮我挑担，咱们相跟着回家，路上吃住的钱由我付。"

张庭广很感激乡党，就替他挑起担子，一同回家。

当然，路上时不时会遇到麻烦，有不三不四的人问他们："哪里人？挑的什么贵重东西？"张庭广不耐烦，黑眉毛一竖，眼一睁，恶狠狠地回应道："什么贵重东西？杀了的人头！"即使是穷凶极恶的土匪，也不敢与这陕西愣娃过招，只得悻悻离去。就这样，一路磕磕绊绊，终于抵达潼关，要和乡党分手了。这个乡党很够意思，给了张庭广几十两银子。其实，这个乡党也是闯王的人，还是一个什么官，他见大势已去，趁乱搞到一些银子和珍宝，伪装成潦倒的小商贩往家返。也是他运气好，碰到了张庭广这个好保镖，安全护送他回了家。直到几年以后，张庭广才琢磨透那个其貌不扬的乡党，绝不是等闲之辈。

张庭广和彩秀舍不得离开，一直在山洞住了多年。这个山洞对张庭广来说意义不同，和尚大哥在这里给他讲了闯王的事，介绍他加入闯王的义军，使他眼前为之一亮，死里逃生走过许多地方。他亲眼看到大明倒了，大清来了，仿佛赶走了狼，又来了虎。至于闯王的人马，终究兵败如山倒，竟死了那么多人。对他来说，分明上演了一场走马灯，看糊涂了。但是，这洞是真的，闯王是真的，北京之行增长了他的见识。他成了真正的大学问家，后来他给邻里们和子孙们讲了他惊天动地、叱咤风云的故事，讲了他在北京所见到的林林总总。世上有起根发苗，有九九归一，他能看到能摸到的是老爸爸打的这个洞。这个洞使他知道了闯王，给了他一定的辉煌，他便叫这个洞为"闯王洞"。

后来，张庭广用潼关乡党给他的银子在洞沟口盖了三间房，在周围开垦荒地，安居乐业。他给儿子说："土能生万物，还是种地好。"彩秀也说："在坡坡上点几窝北瓜，长得老碗大，熬着吃，干绵干绵的，多好吃呀。"

儿子没吭声，他后来没有种庄稼，而是考中了武秀才，在城北上寺开了一家武馆，教起了学童。张先生给学童们讲历史故事时，总要讲到他出生的那个"闯王洞"。

6. 结义洞

结义洞的故事比闯王洞的故事晚了150多年，相差五辈人。闯王洞的故事以李自成及其义军为主，结义洞的故事则是本乡本土的八个人自行组织的兄弟会。

话说清嘉庆三年（1798）农历腊月二十六日深夜，在太平山洞群的一个洞中，灯火通明，人声鼎沸。八个精壮小伙，由一个叫张武全的组织起来，伸手指醮着老碗里的鲜野羊血，在各自的嘴唇上抹了厚厚一层。接着，他们端起酒碗猛灌一口，面对刘关张牌位，同声宣誓："狠杀顽敌，绝不手软；守口如瓶，同舟共济。"随后，他们在火堆上烤起了下午在山坡上刚刚猎到的那只野羊肉，议论着如何除掉仇天豹的事。

仇天豹乳名豹子，儿时伙伴们都不愿和他一起玩耍，因为他一不顺心就伸手抓人，曾将几个孩子的脸都抓出了血印，真跟豹子一样凶猛。他是家中兄弟姐妹中最小的，却一贯称王称霸。长大后，他自小养成的霸道习气被县太爷意外发现，让他进县衙当差。当了差的仇天豹愈加狰狞，利用职权之便从百姓手中搜刮东西。有一次他下乡，不知从谁哪里勒索到一张金钱豹皮献给了县太爷，县太爷用这张金钱豹皮给他爷爷做了一件皮袄。

县太爷欣赏仇天豹的“才华”，让他回到家乡所在地西南乡当了里长。仇天豹似饿虎归山，疯狂地掠夺父老乡亲的钱财，不几年就拥有良田百亩，山林十几面坡，房屋前庭后院几十间。仇天豹富了，可百姓们穷了，不少人家揭不开锅，粮食全被他以五花八门的名目搜刮去了。不仅强征粮食，他还分派银子，一缴不上就加罚。全里有很多人都被他的爪牙毒打过，有五个人因此丧命。

仇天豹为何如此贪婪、残暴、毒辣？一位德高望重、医术精湛的老先生做了分析，说那是种的问题。

有人表示质疑：“种的问题？不对吧，他爹、他爷爷为人都可以，不像他那样毒、那样坏。”

老先生说：“你不知道，种这东西往往一代两代显不出来，过了几代就显出来了。”据传仇天豹爷爷的爷爷是杀人犯，将毒种传到了仇天豹身上。当然，老先生也说：“种不能完全起作用，它可以发生改变，但那需要条件。”听的人问：“需要什么条件？”老先生微微笑了，说：“两个字，熏陶。”熏陶包括家庭教育和读书。仇天豹小时候在家称王称霸，父母不管他。他不读书，不知世事，更没道德约束，只承袭了先祖野兽般的生活和生存方式，对老百姓自然残酷。

老先生继续说：“这只是仇天豹的自身原因，客观原因是世道坏了，上梁不正下梁歪成了潮流。”

“潮流？”

“是呀，从上到下，凡是掌权的，有几个不往自己怀里搂钱呢？仇天豹就适应了这种土壤和环境。”

听话的人便问：“那咋办呢？一时半会儿除不了吗？”

老先生肯定地说：“不能。”

“为啥？”

“根子深啊！”

“根子深？在哪里？”

“在皇上那里。”

“乾隆？”

老先生在自家药铺里说到这儿，一看在场的并无外人，就畅所欲言了。他说：“先说乾隆挥霍无度吧。他大修避暑山庄和圆明园时耗银两百万两，给他妈过六十、七十、八十大寿时大肆挥霍。以他妈六十岁生日为例（1752年1月11日），因为前一日要把他妈从西郊接回宫，沿途十几里，张灯结彩，铺锦为屋，剪彩为花，每几十步就搭一座戏台，各省臣僚、优伶毕集，南腔北调轮番演出。色绢做高山，锡箔做湖海，做的一个寿桃就几间房子大。算算，要耗费百姓多少血汗钱？”

老先生说：“再说乾隆南巡吧，一共六次。乾隆第五次南巡时，路过无锡附近，修了一座‘黄布城’，竟占地600多亩！这次南巡，豪华的御舟五艘，随行人员的船只400多。御马百匹，随行官兵用马五六千匹，还带了75头奶牛。第六次南巡所带王公大臣、侍卫兵丁等2500多人，经过的水路码头上都铺着棉毯，拉纤的河兵就有3600多名，好不威风！乾隆南巡的花费是他爷爷康熙南巡花费的十倍，前呼后拥，挥金如土，使国库空虚，害苦了百姓。”

老先生说："因为乾隆的挥霍无度做了坏榜样，全国各地上上下下培养出了一大批大大小小的贪官，而最大的贪官就是和珅！"

和珅比乾隆小39岁，何以得宠成为一人之下万人之上的大官？传说乾隆年轻时曾爱过一个妃子，此妃被赐死时他曾抚尸哭道："若有缘，请在20年后相见。"20年后，乾隆看到和珅长得酷似那妃子。当然，和珅更有一大本事是会巴结讨好乾隆，乾隆感到特别受用，自然就更宠爱和珅了。于是，和珅就肆无忌惮地贪占财物。

和珅贪占的"功绩"惊人，经嘉庆帝组织"专案组"进行搜查、没收，清单摘要如下所示：

房屋方面：正屋十三进七十二间，东屋七进三十八间，西屋七进十三间。花园两座，楼台一百零六座，更楼十二座，杂房一百二十间，连家奴也有房宅一百八十二间。

店铺方面：当铺七十二座，银号四十二座，古玩铺十三座，还有玉器库、绸缎库、洋货库、皮张库、玻璃器皿库。

器物方面：金碗碟三十二桌（四千二百八十八件），银碗碟三十二桌（四千二百八十八件），金痰盂一百二十个，银痰盂六百个，白玉痰盂二百多个，金脸盆一百一十七个，银脸盆二百三十三个……

皮衣方面：貂皮女衣六百一十一件，貂皮男衣八百零六件，杂皮男衣八百零六件，杂皮女衣四百三十七件，貂皮帽子五十四顶，貂皮蟒袍三十七件，貂皮靴子一百二十双。

还有，金床二十张，人参六百八十多斤……

皇宫中有一匹玉马，高二尺，长三尺，也被和珅偷回家中，与爱妾洗澡时乘坐。

和珅全部家产有八万万两白银之多。

此外，乾隆还将年仅十四岁的十公主嫁给和珅的儿子丰绅殷德。

张武全等八位弟兄（亦称“八大金刚”）歃血为盟，谈论完药铺老先生所讲的事以后，一个金刚说现在真是上行下效，全国各地培养出无数腐败分子，仇天豹仅是其中小小的一个，就残害了那么多百姓。

张武全说：“我们必须及早除掉仇天豹，让老百姓少遭祸殃。”

于是，他们周密研究了除恶的具体事宜。

过了几天，已是腊月三十夜，仇天豹家张灯结彩，院里鞭炮齐鸣、锣鼓喧天，年的气息浓烈，热闹非凡。

酒端上来了，鸡鸭鱼肉各种美味佳肴端上来了，方桌上摆得满满当当，香气扑鼻。仇天豹坐于上方，喜形于色。他不会想到，此时此刻由于他的盘剥，有多少人家穷困潦倒，过年已揭不开锅，大人哭，小孩叫。他不会想，他也不想。

“恭喜发财，四季平安！人丁兴旺，福寿无边！”仇天豹讲了几句他背熟的新年贺词后，便伸出筷子对着满桌的美食，扬声道：“抄！”

恰在此刻，呼啦一声，从门口冲进一伙执刀持棍的人，两三下就把仇天豹五花大绑了。他如在梦中，喃喃道：“你们这是怎么了？”

原来，在结义洞里歃血为盟的八大金刚中，就有两个是仇天豹的家丁。兄弟会里应外合，一举把仇天豹抓了。这个村是大村，大村人口多，穷人也多。村里穷人知道了仇天豹被抓的消息，一下子全都赶来了，把仇家大院围得水泄不通，一声声呐喊：“杀了（他）！杀了（他）！”

仇天豹跪在院里，虽没了昔日的威风，却侧仰着头说：“你们想明白，杀了我一准没有好下场，县太爷会抓住你们处以极刑。你们要明白，我这里长是县太爷封的，我没有罪。”

人们就问：“刘东娃是谁害死的？方月明是谁害死的？还有李二牛、王三狗……”

仇天豹恶贯满盈，罄竹难书，许多人大喊：“跟这狗东西说什么？杀了！杀了！”

是啊，怎能不杀？前几个月，仇天豹得了一种怪病，不知什么人给他说治这病要吃幼儿肉呢。仇天豹就起了歹心。村东头有户人家，男人叫木头，为人老实，任人欺负。他有个儿子，才两岁，亲嘟嘟的，挺可爱。有一天，这孩子突然不见了，四处寻找也没见踪影。有人说娃被狼吃了，那也应当有遗留物吧？鞋子、小衣服一样都没有找到。

一个半月以后，传说那娃叫仇天豹熬着吃了。村里一个常年要饭的老太太说，那天天没亮时她从仇家门口路过闻到一股异香，看到仇家一个佣人提了一笼什么东西，掮了把镢头匆匆向村南河湾柳树下而去，在那里挖了个坑把提的东西埋了。老太太觉得蹊跷，天黑后要饭回来趁着月光明亮，就用手挖开浮土，里面埋的是孩子的头、手和衣服。木头的娃真的叫仇天豹熬着吃了！

木头两口子听说此事，去村南河湾树下挖开浮土，果然找到了儿子的遗骨和遗物。木头两口子哭天喊地，带上骨头、遗物去仇家算账，仇天豹怒视他们一眼，恶狠狠地骂道："你们还要命不要命?!"灶房老妈子把他们拉到院角，悄悄说："赶紧回去埋了，明年再生一个，比啥都好。"

对杀人不眨眼的仇天豹究竟咋处置？有的说把他砍成零件，用磔刑；有的说，点一堆大火，把他烧成灰；有的说……木头两口子哭得死去活来，说要剜掉那狗东西的双眼，为儿子报仇。张武全一锤定音："大过年的，不要脏了咱的手、咱的村，干脆挖坑活埋了。"

在众人七手八脚挖坑要埋仇天豹时，他竟一声声哭喊："放过我吧！"能放吗？

大年初一、初二、初三，村里连唱了三天大戏，外村人也来看，人山人海真热闹。

嘉庆四年（1799）正月初三，在北京城里发生了一件震惊全国的大事，乾隆帝驾崩了。乾隆帝生前曾自我标榜，不能把皇上一直当到死。所以，早在乾隆六十一年（1796）正月初一，乾隆皇帝举行禅位大典，把皇位传给了第十五子爱新觉罗·颙琰，改元嘉庆。然而，皇权这个东西具有无尽诱惑力，乾隆名义上将皇权交给了嘉庆，实际上他仍然独掌乾坤，把儿子嘉庆晾在一边，任由和珅继续贪污。然而，自然规律无法违抗，什么事情都有极限，乾隆终究死了。

太上皇死了，应当立即大操大办丧事，嘉庆却先办起了另一件大快人心的事，他要收拾大奸臣、大贪官和珅！

正月初三当天，为了稳住和珅，嘉庆先安排和珅料理太上皇的丧仪大事，再派人火速抄了和珅的家，财产之巨惊人，富可敌国。和珅的罪状：欺君罔上、贻误军务、弄权舞弊、僭越制度、贪污聚敛等。和珅于初八日收监，距乾隆死时仅仅五天。正月十八日，和珅用嘉庆赐他的一条白绫上吊，结束了他的生命。

为了这一天，嘉庆已经等了整整三年。

嘉庆敢于在父皇大丧期间对和珅下手，并且在短短半个月内就把盘踞朝堂20余年的权奸铲除，做得干净、利索、果断，令人佩服。

正月十五这天夜里，举国上下万民欢腾，热烈庆祝元宵佳节。狱中的和珅自知难逃一死，望着窗外明月，欲哭无泪，写诗道："一生原是梦，廿载枉劳神。对景伤前事，怀才误此身。"呜呼哀哉！

八大金刚在一起议论大贪官和珅之死时，再次说起他们合力除掉仇天豹之事，不免有一种胜利者的自豪感涌上心头。这时，有一位弟兄提醒大家不能大意，要提高警惕。毕竟，仇天豹是县太爷的心腹，小心遭到报复。

世间有一句话，怕啥就有啥。大哥张武全失踪了，起初并没引起人们注意，也许是进城去了，买了东西就会回来。可是，等了一天，再等一天，还不见张武全回来，家里人着急了，兄弟会的人着急了，他一定是出事了。家里人先哭了……

"张武全被县太爷扣了"的消息立刻疯传开来，方圆几十里的人们义愤填膺，决定踏平县衙，活捉知县，救出张武全。有的人这样说："索性一把火把县衙烧了！"对，把那些害人虫都烧成黑火棍！

老百姓可怜，任人欺负、宰割，一旦忍无可忍，反起来了，就天下无敌。他们说干就干，很快聚集起几百人，扛着锄头、铁锹、大刀、长矛，浩浩荡荡向县衙挺进。人们过了河，转过弯上了大道，怒喊着口号，勇往直前。然而，刚走到一个山沟口，前行的队伍就戛然而止，全都站住了。这是为什么？

对面走来了一个人，大高个儿，精神抖擞，气宇轩昂，正是张武全！

那天，张武全进城去见几位朋友。他爱交朋友，朋友也多，带头除掉独霸一方的仇天豹以后，更是名声大振。他一进西门，就有人喊道："除暴安良的大英雄来了，一定请喝酒！"几个朋友不放他，去了这家去那家。到第三天，张武全要回家时，却不知怎么让县太爷知道了，要他去县衙。张武全早就对县太爷有成见，正是他豢养了祸害百姓的仇天豹，就果断地说了两个字："不去！"

有位朋友知道张武全的心思，哈哈笑了，说："此一时也，彼一时也！"

"此话怎讲？"张武全问。

这位朋友才说："庙还是那庙，神不一样了。如今这位县太爷是新来的，不是原来那个贪污腐败、行贿受贿的县太爷。现在，和珅死了，树倒猢狲散，原知县罪有应得，下了大牢。听说西南乡有一个叫张武全的人武艺高强，成立兄弟会，号称八大金刚，除掉了当地一个贪赃枉法、无恶不作的恶人，新知县就很想亲自见一见。"

恰巧张武全这个朋友知道了此事，就领他去见了新知县。

新知县与张武全挺投缘，两人畅谈许久，结果选派他担任西南乡里长。

张武全担任里长后，两袖清风，一尘不染，有口皆碑，一直干了很多年。

张武全是有情义的人，时常召集八大金刚聚在一起。

有一天晚上，兄弟们聚集在太平山结义洞里，吃着烤羊肉，喝着烧酒，畅谈着往昔的壮举，兴奋至极。

一位兄弟说："我常常想，咱们的结义洞非常吉利，会给百姓带来鸿运。那年，咱们在这里结义，铲除仇天豹刚过三天，远在北京城里的乾隆就死了。乾隆一死，嘉庆干掉和珅，为全国百姓除了害。咱们的结义洞应当永垂青史。"

后来，他们带人将洞中石壁用石灰抹平，请画匠在上面画了一座桃园，桃园里有石凳石桌，三个古人坐在那儿喝酒谈事，他们是刘（备）、关（羽）、张（飞），桃园三结义。

像画好了，兄弟们上山进洞拜谒一番，人人都有新感悟。大哥张武全说："结义洞，也是团结洞。只要干正事，兄弟们团结起来，大家一条心，没有办不成的事。"

就这样，结义洞有了另一个名字：团结洞。

7. 爱国洞

把太平山洞群中一个普通山洞命名为"爱国"，究竟为什么？这是一个人感悟出来的，人一定要爱祖国！

清光绪二十六年（1900）十月间，在这个山洞里的木床上半躺着一个人，齐腰以下盖着棉被，头上留辫子，上身穿马褂。此人名叫张良玉，是张星魁第十一代孙，承继了先祖商号名字万盛恒，在西安北院门开了一家丝绸店，名叫万盛恒丝绸店。就在顾客盈门，生意红火、蒸蒸日上时，他却遭了劫难，罪魁祸首就是慈禧太后！

慈禧 18 岁入宫到 74 岁死亡，深居紫禁城 56 年之久。

在长达半个多世纪的岁月里，她经历了两次王朝更替，三度垂帘听政，扮演了自汉代吕雉、唐代武则天后中国历史上又一个“女皇”的角色。她一生除了角逐权力，就是鱼肉百姓、腐化享乐，所穿衣服的面料均为上等丝绸，专由江南一家机构专门办理。有一年，她去奉天(沈阳) 巡视，竟带了2000件衣服，装了满满一车。为了显示华贵，她甚至把珠宝缀饰在发髻和衣服上。她有一件渔网式披肩，上面竟缀有3500颗珍珠，大的如金丝鸟蛋一般，价值连城。

慈禧不仅在穿戴上大肆奢侈，还千方百计美容，有很多御医为她研制奇药，花去的银子数以万计。

慈禧喜欢看戏到了不可自拔的地步，在她执掌朝政的48年里，除咸丰、同治皇帝丧期等，每月初一、十五她都要看戏。为了满足游乐私欲，她挥金如土营建颐和园，在园中建了华丽别致的大戏楼，沉迷戏中。

清光绪二十年（1894)，适逢慈禧60岁生日，正是甲午战争吃紧的时候，日军的铁蹄踏上了辽东半岛。可是，慈禧却下令将大连驻军全部撤完，日军不费一枪一弹占领了大连。慈禧照样大庆寿诞，唱戏三天！此后，旅顺失陷，日军屠城四天，全城只剩36人。这36人是因为要埋葬死尸才得以留下活口。

对于屠城惨状，英国人阿伦有现场记录：“日本兵捉了许多逃难人，把辫子打了个总结，就慢慢地当枪靶子打。有时斩下一只手，有时割下一只耳，有时剁下一只脚，有时砍下一人头……所过街道，死尸堆积几尺高……在一个钱铺里，看见地板上铺满了一地死尸……亦有开膛破肚的，亦有被斩作两段的……那柜台上有无数人头，柜台边上还钉着一个几个月的小孩。地板上的血足有三寸厚，零零落落的手、脚、头，到处都是。”

然而，面对灭绝人性的日本侵略者，清朝最高统治者慈禧贪图自己享乐，居然签订了丧权辱国的中日《马关条约》，将辽东半岛、台湾岛和澎湖列岛割让给日本。

世界列强发现中国高层腐化，尽情享乐，民不聊生，国力衰败，软弱可欺，便纷纷伸出魔爪。光绪二十六年(1900)七月十九日，英、美、俄、法、德、意、日、奥八国联军进攻北京。

八国联军进入北京后，慈禧露出了一副卑躬屈膝、卖国求荣的嘴脸，使偌大的中国任列强宰割。她指示奕劻、李鸿章代表清政府与英、美、俄、法、德、意、日、奥及西班牙、比利时、荷兰 11 国在北京正式签订了中外合约。这年是中国农历辛丑年，该条约遂被称为《辛丑条约》。条约规定，清政府要赔款白银四亿五千万两，分 39 年还清，本利合计 10 亿两。这是一个丧权辱国的不平等条约，清政府沦为了洋人的朝廷。

在洞中，张良玉想起这一切，情不自禁地号啕大哭。我们中国，泱泱大国，上下五千年，怎么就出了这么一个窝囊废，一个平板着脸永远不见笑的老女人——慈禧，这样一个祸国殃民的卖国贼！

如狼似虎的八国联军气势汹汹打到了北京，慈禧吓破了胆。她为了保命，换上便装打扮成一个老太太，挟持着光绪皇帝乘坐三辆马车仓荒逃窜。

他们本打算安身太原，可山西连年大旱，饥民遍地，很不安全，就决定逃往西安。他们走到哪里，哪里就遭难。护驾的清兵缺吃少喝，到处抢掠；沿途百姓闻听慈禧将至，吓得四处逃散，到处是一片荒凉破败的景象。

他们从风陵渡过黄河，经潼关、华县、渭南、临潼，于九月四日到达西安。

西安离北京遥远，不怕八国联军索命了，慈禧又挥霍无度、享乐腐化了起来，光奶牛就饲养了六头，专供她每天喝鲜奶。太监们疯狂敛财，敲诈勒索更是司空见惯。西安人处在水深火热之中，苦不堪言。张良玉开在西安北院门的万盛恒丝绸店，就是在这样的情况下倒闭的。

一天早上，万盛恒丝绸店刚一开门，店员小平子就急匆匆跑进上房给张良玉报告："掌柜的，有两位公公找你。"

张良玉来到店里，只见两个太监带几名清兵正在等他。年长的太监问："你就是掌柜？"

张良玉说："是的。"

年长的太监说："老佛爷要过大寿，龙袍、龙褂都在宫中，现要新做，料子不够，要从你的店里买。"

张良玉乍一听很高兴，因为是给老佛爷做龙衣，还真有些受宠若惊，就问："要多少？"

"上好的都要。"年长的太监说。

张良玉喜不自胜，这可是一笔大买卖。

但他们搬东西时，却未付银子。张良玉询问，他们不耐烦了，说："朝廷来买东西，你怕什么？货到付款。"

谁能知道，民间有不要脸的人，应付你银子却以各种借口不付，最后以"黄人"为目的。堂堂朝廷，如老佛爷这样也不要脸，把人家的绸缎都做成衣服穿在身上，过寿时容光焕发、耀武扬威，却不给卖布人钱。

张良玉理直气壮，去催要绸缎钱，却被邻人李老先生劝住了，说："算了，财去人安。东大街王掌柜、杨掌柜去催要欠款，都被他们活活打死了。如今就是这世事，哪里有理？哪里去说理？留得青山在，不怕没柴烧，只要人平安，你还可以重整旗鼓，东山再起。"

张良玉听了李老先生的话，让店员小平子看家护院，他回到了老家月亮湾。父母和妻子见到他，都知道他遇到了"不要脸"的东西，就劝他心放宽，银子是世上的，"生不带来，死不带去"，让那阴毒的老女人享乐去吧。

张良玉明白这个道理，但是接受不了现实，整天郁郁寡欢，既不出门，也不想见人。父亲怕他有个三长两短，就开导他说："去山上转转，到林子里走走，能排解烦恼，释放心中怨气。"

张良玉按照父亲的话办了，整天上村后的太平山，在骆驼路上一个劲地走上走下。

张良玉终于说话了，他给家人说："这一段时间，我上山去转，与林为伍，收获很大，心情好多了，淡定了。我进老先人凿的洞里看了，想去古洞里栖身。"

妻子揶揄道："你到洞里去成神呀？"

张良玉斜视妻了一眼，正要反驳，父亲发话了："栖身不是常住，是一种修行。远离红尘一段时间，一定会有好处。"

张良玉上山住洞了，他带了铺盖和油盐米面，像他的上几辈人那样，在龙王庙灶房里自炊自食。他白天在山上转悠，登高遥望群山，夜晚在洞里栖身，思索了许多人生、世事方面的问题。当然，他思索最多的，还是卖国与爱国。有国才有家，有家才有父母，有父母才有自己，皮之不存，毛将焉附？连国都没有了，还有什么？可清朝最高统治者只顾自己享乐，不管百姓死活，恬不知耻地与外国列强签订了不平等条约，大大的卖国贼！

有一天，张良玉跪在床上，双手合十，祈求上天："苍天在上，我们中国人太可怜了，什么时候赐给我们一位好皇上，能爱国爱民，保国泰民安，让老百姓过几天好日子，多好！"

张良玉栖身于山洞，与外界基本隔绝，也有熟人、朋友来看望他。这一日风和日暖，有一拨人来到洞中，张良玉讲了他的爱国论。大家听得心潮澎湃，斗志昂扬，连说："国家兴亡，匹夫有责。"

有人问："你在西安的万盛恒咋办？"

张良玉满怀信心地说："重整旗鼓，重新开业。"

后来，张良玉筹措了一笔银子，从江浙一带进了丝绸，西安北院门的万盛恒又兴盛起来了。

一年后，张良玉归乡探亲，支银修整了骆驼路，翻修了龙王庙及其灶房，并在他栖身的那个洞里錾了三个大字："爱国洞"。

张良玉要求他的儿女们多进古洞看看、想想，体味爱国的真谛和精髓。

张良玉身体力行，晚辈们不负众望，牢记爱国。18年之后，他家在北京上大学的小儿子就积极参加了反帝反封建的五四运动。

8. 剪辫子洞

剪辫子洞？这么拗口，异样不异样？“异样”一词是商州方言，含有奇异、奇怪、不该发生之意，与另一个方言“好看”相似或相同。举例来说，某一天老姑姑提一小笼花馍走娘家来了，被侄媳妇接住。侄媳妇就说：“姑姑呀，看你异样的，来就来了，提花馍做啥？”或者说：“姑姑呀，看你好看的，来就来了，提花馍做啥？”第二天老姑姑要走时，侄媳妇给老姑姑笼里装了些柿饼或一包点心。老姑姑就说：“看我娃异样的，回那做啥？”或者说：“看我娃好看的，回那做啥？”给太平山这个洞起名“剪辫子洞”，真“异样”，怎不“好看”?!

闲话少叙，言归正传。

1911年，中国发生了一件让世界震惊的大事。因这一年是中国农历辛亥年，就有了一个响当当的名字：辛亥革命。

辛亥革命是孙中山领导的推翻清朝封建统治的资产阶级革命，结束了中国2000多年的封建君主专制制度。1912年，孙中山在南京成立了中华民国临时政府。

辛亥革命的意义颇大，此处只讲发生在商洛山区月亮湾的四件事。

第一件事：禁烟。不是人们常说的旱烟，而是祸国殃民的鸦片。鸦片是从一种叫罂粟的草本植物果实中提取的。罂粟开红、白色的艳丽的花，散发一股强烈的异香。不过，世间最迷人、最诱人的东西，往往是最害人的东西。罂粟的果实为球状，未成熟时就可从中割取汁液，用来制鸦片。人躺在烟灯旁吸食鸦片，据说有腾云驾雾的感觉。

唐代贞元年间，罂粟传入中国。罂粟含有大量生物碱，即吗啡、可卡因、那可汀，有提神、镇痛等作用，《本草纲目》等书把它列为药材。但它毒性极强，人吸食后面黄肌瘦、乏困无力，男不能耕，女不能织，使无数家庭家破人亡。更有甚者，由于鸦片大量输入，中国白银如潮水般流出，所以嘉庆、道光皇帝都禁过鸦片。然而，由于外国商人们通过武装走私，加之贿赂清朝地方官员，鸦片买卖还是越做越大，衙门成了烟馆，官吏成了烟贩。当鸦片泛滥成灾，到了不可收拾的地步时，中国出了一位名垂千古的禁烟英雄林则徐。

林则徐（1785—1850），福建侯官人，父亲是一个穷秀才，母亲从事手工劳动。他12岁府试考了第一名，19岁考上举人，嘉庆十六年（1811）考取进士。他仰慕岳飞、戚继光等民族英雄，痛恨贪官污吏和英、美等国的鸦片贩子。他深知，白银外流，物价上涨，民生日艰，国势日弱，都与鸦片的输入和吸食有关。

道光十八年（1838）十一月二十四日，林则徐奉命从北京出发，前往广州禁烟。同年五月二十一日，在虎门销毁。这是中国人民反侵略斗争的先声，大长了中国人的志气。

但是，像任何一种病魔一样，要彻底清除实属不易，禁烟也是这样。距林则徐在虎门烧毁鸦片70多年后，商州西南乡的月亮湾还未清除掉鸦片，吸食鸦片者甚众，种罂粟的人家也不少。但凡要清除坏的东西，害人的东西、最高领导者必须痛下决心，任何不强硬的手段都是纵容。

月亮湾西边的鸡冠岭下，有一个叫井井的小伙染上了毒瘾，一日不吸鸦片就张嘴流眼泪，哭叫不止，用头撞墙。家里的东西被他卖光了，连粮食也卖了。他去邻居家偷东西，被主人发现了，慌不择路，跳进大茅池，竟然淹死了。他是家中独苗，父母悲伤过度，一个月后就死了。

北坪村有个财东丁白狼是黑心贼，发现鸦片有利可图，就下手了。丁白狼买通两名烟鬼，不仅供他俩吸鸦片，还拿出鸦片做本，让他俩引诱村里的青年吸。青年们觉得吸鸦片好玩又不花钱，一下子蔓延开来，本村、邻村很快就有了一批吸食鸦片的人。这些人上瘾以后，丁白狼再不供给他们鸦片了，要吸只能买，没钱就记账。日积月累，吸毒者已欠了丁白狼许多银子，无力偿还，只得用土地抵账。就这样，本村、外村的一块块土地轻而易举地成了丁白狼的财产，一户户人家沦为丁白狼的佃户，任他欺辱，好不凄惨。

还有因吸鸦片引起的种种惨事，不胜枚举。

如今好了，孙中山领导的辛亥革命成功了，清朝垮台了，民国提倡禁烟，好！

在月亮湾一带组织禁烟的人叫张辅仁，大高个儿，精干清瘦，读过私塾。张辅仁是张良玉的大儿子，他说读书太费脑子，让三弟念书，到北京去上大学了。张良玉让张辅仁到西安经营万盛恒丝绸店，日后接班当老板，张辅仁也不愿意干，他说做生意要精打细算，整天离不了“计算”，结果让二弟辅伦去西安店里“打算盘”了。张良玉问：“辅仁，你究竟想干啥呀？”

张辅仁说：“种地。”

张辅仁与别的种地人不一样，别人东山日头背西山，黑水汗流，苦不堪言，收成还不好。可张辅仁只种五亩地，只说够吃就成，其余土地全租给别人。犁地需要牛，他养了两头，雇一个放牛娃放牧、喂养。他对放牛娃关怀备至，说话从不高声。他春种、夏耘、秋收、冬藏，也垫圈、出粪、担粪，也上坡拾柴，不慌不忙，有条不紊，把种地当成乐趣，玩儿一般。他穿的衣服不沾土、不粘泥，整整齐齐，干干净净。

村里谁有啥疑难事，都喜欢给张辅仁说，他也乐于给人出主意、想办法、解疙瘩。他脑子灵活，主意很多，却从不害人。有人跟他拉闲话，曾开诚布公地吐露了自己跟哪个女人相好，把细枝末节都讲出来了，但过后他绝不给第三人讲那些隐私。他认为这是人品问题，如果你把熟人给你讲的话露泄、张扬、显摆出去，只能说明你自私、卑鄙。有一次，对面村一个朋友和媳妇闹矛盾，朋友叫他晚上去说合。朋友的媳妇叫小艾，长得婀娜多姿、妩媚娇美，是出了名的美人儿。晚上，他来到朋友家，朋友却不在家，有事外出了。他开门见山、不遮不掩，对小艾说："你俩闹矛盾了，他（朋友）叫我来说合说合。俗话说，天上下雨地上流，小两口吵架不记仇；白天吃的一锅饭，夜里枕的一个枕头。你和他青梅竹马，好得像一个人一样，即便吵两句嘴，有啥过不去的？"他知道得多，心诚又很会说话，一套一套的，有板有眼。小艾坐在小板凳上，灯光下瞧着他说话，字字如金豆落玉盘，竟忘记了他是受丈夫之托前来开导她的。小艾欣赏起他活跃的思维和流利的口才，禁不住莞尔一笑，赞叹道："辅仁哥，你啥都知道，真会说话！”

张辅仁庄重地说：“会说啥？胡扯呗。”

其实，张辅仁还真会说话，三言两语说得小艾气消了。

小艾说：“辅仁哥，你放心，我一定听你的话，再不和他生气了，和和气气把日子过好。”

月亮像银盘一样高悬在上空，地上一片明亮，山村里静悄悄的。张辅仁要走了，小艾送他走了很远。他们来到大核桃树下，影影绰绰的树影落在张辅仁身上，小艾看了心直动，不由自主地迈前一步，握住他的手，说：“哥，我想哭，抱抱我。”

张辅仁知道静夜最易令年轻男女动情，他感到小艾的手小小的、软软的，声音又那么娇柔，也怦然心动了，想抱住她……

但是张辅仁立刻停止了胡思乱想，心说你真是个混蛋、流氓，你想什么呢？他抽出手来，摸摸小艾的头，说：“妹妹，我也有同样的爱，同样的情。可咱俩关系非同一般，决不能那样！”

小艾哀叹一声，知道没戏了，就叮咛他路上小心。

此后不管在什么场合，小艾一见辅仁就脸通红，十分羞愧，不好意思。张辅仁却落落大方，说：“小艾，你来了。”

张辅仁就是这样一个懂世事、明道理、有情有义、有原则的人，由这样一个人组织禁烟定会事半功倍，最合适不过了。

不久前，张辅仁去了一趟西安，在万盛恒丝绸店住了十几天，亲眼看到西安人掀起禁烟高潮，在钟、鼓楼广场烧鸦片，浓烟滚滚……张辅仁是热血男儿，在西安一天都待不住了，就赶回乡要在月亮湾一带开展禁烟运动。

张辅仁叫上堂弟张辅耀、张辅照，还有朋友王启善、安小文，在他家商量如何禁烟以造福乡里，一直商量到深夜，人人情绪高涨。张辅仁的妻子高贞琴听得很激动，给弟兄们一连烧了三回茶水。

第二天，禁烟队开始行动了。张辅仁一行扛着镢头、斧头和锨等，来到月亮湾对面一条小沟。这沟口小，里边却开阔，与外界隔绝，貌似世外桃源，先后迁来七户人家，俗称七家沟。禁烟队来到七家沟，安营扎寨，大干起来：割草的割草，伐树的伐树，平场子的平场子……几天之后，一绺“人”字形草庵就搭建起来了，还有一间灶房。

有一天，冬阳暖暖，无一丝风，月亮湾大场上聚集了一片人，有男有女，有老有少。这是禁烟会场，禁烟队来了，吸鸦片的人来了，他们的家人来了，众百姓也来了。

张辅仁宣布道：“乡亲们，咱们月亮湾一带的禁烟运动，从今天起正式开始。可以说，这是咱们的自发行动，也是有后盾的，是受国家支持的。辛亥革命成功了，全国都要开展禁烟活动，咱月亮湾一带也不能例外，要积极行动起来。”

掌声雷鸣，喊声一片：“坚决禁烟，烧毁鸦片！吸烟可耻，禁烟光荣！一人吸毒，全家帮禁！”

在震天动地的喊声中，一坨坨的鸦片交出来了，一盏盏烟灯交出来了，一根根烟枪交出来了，在大场中间放了一堆。安小文一伙扛大铁锤把烟具砸得粉碎，把鸦片烟烧了，冒出了一股股浓烟。

张辅仁高兴地喊：“咱月亮湾一带的禁烟初步成功！”

乡亲们对于禁烟是打心眼里支持、拥护的，连吸毒者本人对鸦片也深恶痛绝，体会到它对生命财产造成的危害。一个叫忙娃的因染上毒瘾，日子实在没法过，媳妇就带上孩子远走高飞了。忙娃在家边骂边哭，年迈的二老也跟着哭，但无济于事。一旦染上毒瘾，就很难戒掉。张辅仁要求吸毒者立志气、下决心禁烟，提出具体办法，吸毒者很高兴。张辅仁是有教养的人，威信很高，说话人服。

为了禁烟，禁烟队还做了两件事：一是逮捕丁白狼。丁白狼引诱人吸毒，害人利己，犯了大罪。张辅仁组织队伍拿上诉状到县城游行，知县下令逮捕丁白狼，审后斩了，大快人心。二是砌练修地。一个人有了毒瘾，除了立志砸毁吸毒工具等，还要有硬办法。砌堰修地是张辅仁想出来的办法，说穿了就是隔离戒毒，强制戒毒。100来年后，国家设立了专门机构，叫戒毒所。

100年前月亮湾一带的“戒毒所”，就设在七家沟里。在月亮湾大场上烧毁收缴的鸦片和烟具之后的第二天，17个吸鸦片的人带上工具、粮食，由家人送到七家沟，在盖好的茅棚里同吃、同住、同劳动（挖石、砌堰、修地），以正压邪，防止毒瘾发作。万一毒瘾发作，就强制自己挖石头、掮石头，以忘了鸦片带来的感觉。有一个叫暮生的小伙天刚黑时毒瘾发作，难受至极，恨骂自己：“你是什么东西，是不是娘生父养的？老婆、娃娃还管不管？你有没有志气？”骂过之后，他扛起家伙来到石场，整整挖了一夜石头，天亮时石头堆得如山高。兄弟们见了都很吃惊，黑水汗流的暮生笑了。负责领导这项工作的安小文表扬了暮生，还给他记了一功。

17个戒毒的弟兄在自己坚持下，在家人和亲戚的支持下，在禁烟队的领导下，一个个黑了、瘦了、结实了，双手磨出了厚厚的茧子，洗手都咯啦咯啦响，像褪了皮的核桃在摩擦时发出的声音。一天天过去了，一月月过去了，到了腊月二十三过小年这一天，一条条数丈长的石堰砌起来了，一块块新地修成了，一个个吸毒者的烟瘾没了，戒掉了。家人高高兴兴接他们回家，过了个好年。

月亮湾一带在民国初年的禁烟运动成绩大，民国中期以后鸦片又"抬头"了，直到1949年中华人民共和国成立以后，这一带山区还有人偷偷种罂粟和吸鸦片，人民政府严查处理了一回。到1951年春天，某村两个遗老偷偷躺在炕上烧烟泡、吸鸦片，被一个小孩碰在当面，他们对小孩说了许多好话，但小孩还是举报了。还有一条沟，阳坡密林中有席大一块地方，不知被谁开垦出来，偷偷种了10多棵罂粟，被一个上山采蘑菇的老头发现了，种鸦片、吸鸦片的人均被绳之以法，一下子安然了几十年。原来，吸毒人入室偷盗的事时有发生，某村一个吸毒者将他爹多年挖药材攒的人民币都偷去吸了毒。

毒品就这样难禁吗？只要决心大，绝对不可怕。月亮湾的张辅仁等人不是早都做出了榜样吗？

闲言少叙，下边说第二件事：

张辅仁一伙除了在禁烟队中干的几个男性，主要力量是女性，有张辅仁的妻子高贞莲，有安小文的妻子小艾，还有接生婆三嫂。三嫂走西家、到东家，接生20多年，谁都认识，威望极高。

春暖花开的一天，阴坡的残冰残雪早已融化，路边的小草绿了。张辅仁把女人们召集到三嫂家里，还有六七岁的女娃娃。堂屋坐满了人，东西小房也坐满了人，几个妇女只得坐在门外台阶上。人们不知道今天要干啥，都等着张辅仁发话。有几个女人在小房里窃窃私语，说："辅仁真鬼，不知又有啥新事情？年前禁烟，真好。"一个老太婆说："我儿子金锁把烟禁掉了，能吃饭了，劲也大了。"她家有三分地的洋芋，挖地、整地、上粪、点种都是金锁干的，她给金锁把亲事都订好了。这时候，三嫂扬声说："姐妹们，大家都别说了，请辅仁兄弟讲话。今天叫大家来，有重要事情。"屋里屋外的人都鸦雀无声，连女孩子们都静悄悄的。

张辅仁发话了："今天叫大家来，有一件重要的事。"

有人问："啥重要事？"

张辅仁说："绽脚。"

"怎么个绽脚？"人们都不解，很疑惑。

张辅仁说："就是不缠裹脚布了，把缠过的小脚绽了，要它不受约束，走路轻快，干活有劲。"

"那成啥样子啦？人不笑话？"许多人说。

张辅仁说："不怕笑话。不光老人要绽脚，女娃娃都不能再缠脚了。"

"啊？民国了，新事真多，要绽脚，能成么？"一位大嫂说。

显然，人们对绽脚这事毫不了解，以为是开玩笑。张辅仁便说："这是正事、大事，绝不是谝闲传。"接着，他就给大家讲起了三寸金莲的历史渊源。

相传800年前，北宋一位皇帝观赏宫女跳舞，忽然发现其中一名宫女轻歌曼舞，如飞蝶翩翩，十分好看。皇帝很诧异，仔细观察，方见奥妙在脚上。那位宫女脚很秀气，蹈之轻盈，舞姿优美。

皇帝顿生灵感，命大臣从民间征集一批七八岁的聪明女孩进宫缠脚，半年后排队走动，供皇帝欣赏缠脚女孩扭捏走动的模样，从此代代相传。与此同时，女孩缠脚之风传入民间，到金、元两代日盛。满族女人不缠脚，清朝初有大臣建议汉族女人绽脚，皇帝不准，说：“流传数百年，甚美，何以变更？”过后他私下对那大臣说：“女人占汉人一半，让她们缠了脚，行动不便，一如病夫，无力造反，有利于我大清江山社稷的巩固。”那个大臣听了低头哈腰，恭维道：“皇上圣明！”

就这样，缠脚之风流传了几百年，直到民国时期。张辅仁说：“缠脚是以残损女性肢体为代价的，多可恨啊！”

张辅仁讲了这些之后，三婶讲了一件她亲历的事：“我有个姑姑，比我大三岁，是一个跛子，小腿骨折过。她八岁时缠了脚走不动路，有一次清兵路过进村骚扰，人们听到风声都开始跑了，我姑姑勉强爬到后坡，脚疼得厉害，一不小心滚下了山坡，小腿骨折了，一直跛了几十年。我姑姑去世前，还念叨着缠脚把她害苦啦！”三婶又说，她要叫她两个女儿、两个儿媳都绽脚。

有个嫂子说：“这事挺好，我的女儿再不用受缠脚的折磨了。”在场的女娃娃一听，都说：“不缠脚了，不受疼了，好呀！”

当场议定，第二天一早，吃过早饭，由三婶、高贞莲和小艾一伙妇女分头到各家各户去，落实一个个妇女的绽脚事宜。张辅仁叮咛说：“脚绽以后，烧盆热水把脚泡泡、洗洗，穿上袜子休息几天再走路。”

妇女们说：“辅仁心真细，想得真周到。”

就在这当儿，出了一点儿意外，小艾不干了。她红着脸，羞羞答答地说：“我干不了，我不去了。”

众人听了一愣，不明就里。

张辅仁心想，一定是那天月夜在核桃树下她和他的事又让她难堪了，想躲避。唉，这小艾啊，事情过去多日了，谁怪你了？还觉得难为情？想到这儿，他就说：“小艾，你是骨干力量，咋能打退堂鼓？叫你嫂子说。”他把皮球踢到妻子跟前去了。

高贞琴说：“妹子呀，这么大的事，咋能没你呢？你若不参加，嫂子我也不参加啦，叫绽脚这事在月亮湾塌火呀？”

众人都说：“这事不能没有小艾！你聪明、心细，我们愿意听你的话。”

小艾低着头，抠着手，不吭声，默认了。

恰在此刻，张辅仁惊叹一声：“还有一件事，趁大家都在，我索性说了吧！”

众人左顾右盼，小艾的脸又红了，心想张辅仁疯了吗？要当众揭发她吗？

张辅仁像讲故事一样，讲起了第三件事：

辅仁讲道：“人都是父母生的，不论男女，都应当平等。可不知从啥时起，形成了男尊女卑的传统，女人总是低人一等。比如，两口子在路上走，丈夫总是走在前边，媳妇走在后边。妻子没有名字，丈夫叫时只是‘哎，哎’。或者丈夫对别人说起妻子时，总是‘我家屋里的’怎么怎么样。家里来了客人，饭菜明明是女人做的，可她们肚子再饿都不能上席，等掌柜的和客人吃毕，才吃剩菜剩饭。”

张辅仁接着说：“这都是把女人不当人。女人劳累一辈子，生儿育女的功劳盖世，可到了离世，连名字都没有。张、王、李、赵的家谱上，只写着“张李氏”“王赵氏”……第一个字用夫家姓，第二个字用娘家姓，仅此而已。公道吗？符合天地良心吗？民国了，这一切都要推翻，男女要平等。”

众姐妹听得斗志昂扬，封建主义太坏了，定要彻底打倒、废除。当然，其中也包括绽脚。

接着来说第四件事：

清朝时所有人都要留辫子，然而，皇上和大大小小的官员们有权、有钱，有人伺候他们梳辫子、编辫子，好不乐哉。普通人就不行了，劳动人民更不行了，要下地干活，要上山砍柴，留的辫子给人带来很多麻烦。有一年麦收时节，有家人在场上晒了一片脱过粒的麦子，丈夫坐在小凳子上让妻子给他梳头、编辫子，说：“头发都成毡片子了，痒死人了，快给我梳梳。”妻子说：“晚上点灯熬油给你梳。现在场里晒着麦子，万一暴雨来了，咋整？”丈夫说：“没事。太阳红红的，哪里有雨？”就这样，妻子烧热水，寻皂角，砸皂角，给丈夫洗头、梳头，一丝不苟，慢条斯理……

突然天变了，满天乌云，电闪雷鸣，村里人喊：“白(暴)雨来了！”夏天的天气犹如娃娃的脸，说变就变。

丈夫的辫子还没编起，场上晒的麦粒眨眼间就被大雨冲了个精光。妻子哭了，埋怨丈夫为了梳头发让一家人接下来的日子要喝西北风。丈夫披头散发站着，疯了一般跺脚怒骂……

黄柏岔垴有个人忙着干农活，没功夫梳头、洗头、编辫子，满头长发像鸡窝，头上生虱痒得难受，经常用十根指头在头上挠，使人看了浑身都起鸡皮疙瘩。

更严重的是日本兵登陆辽东半岛后，一见中国男人就扑上来抓住长辫子，将几条辫子绑在一起，一块儿杀。北京城里的男人遭了殃，八国联军抓住他们的长辫子拉着走，哈哈笑着喊："猪尾巴！"

中国男人因留辫子吃尽了难以言喻的苦头，如今叫剪辫子，谁不高兴?!

不过，新生事物的出现和推广都不容易，也不是一帆风顺的，会有许多非议，更会遭受抵制或打击。跟提倡禁烟、绽脚和男女平等一样，在实际行动中同样有人不接受剪辫子。有说风凉话的，还有骂娘的，说："你们吃饱了撑的，净管闲事，咋不给我几两银子呢?!"一个土财东见剪辫子的人来了，急忙关上了大门，怎么叫都不开，还放出大黑狗，"汪汪汪"地叫。对于这一切，张辅仁不急不躁，不生气也不发火，一直笑眯眯的。因为他明白，几百年的旧传统、旧习惯早已根深蒂固，即便再不好、再落后，也有人敝帚自珍，不肯轻易放弃，随便丢掉。

张辅仁一伙人走东家、到西家，不厌其烦，苦口婆心，功夫不负有心人，终究剪了满满一笼辫子。走在回家的路上，有人说："这真像一笼猪尾巴。"惹得大家都笑了，惊起路边树上的鸟儿扑棱棱飞走了。

俗话说，手握得再紧，都要漏几粒米。经过多日游说和行动，经过几个人一户户计算后，发现月亮湾一带还有五个人的辫子照旧长在头上，他们是：张驼背、孟疙瘩、独眼龙、常跛子、高粱杆。这五位都是好人，日子却不好过，头上的辫子并没有给他们家里带来好运，但他们就是不想剪、不愿剪，捉迷藏一样藏了起来。张辅仁长叹一声说："这辫子对他们明明是不好的东西，却硬是舍不得丢弃，可哀、可悲。"他说到这里，眼窝不禁泪花连连。众人都沉默了。

张辅仁说："办事一定要彻底，不能丢三落四，虎头蛇尾。咱们要多留神，一有疙瘩伯、跛子叔他们回来的消息，立即互相通报，去他们家动员。"

众人一致赞同。

第二天中午，张辅仁在家吃饭时，来了一个人悄悄给他说："有情况了，在太平山洞里……"

孟疙瘩等人乍一听剪辫子，起初并不相信，后来见动了真格，心中十分害怕，仿佛天要塌下来。接着，五个老人不约而同地带上干粮，上山躲在太平山洞里不出来。

张辅仁一听到消息，和小文他们一商量，就带上剪子、剃刀，还有调好的凉粉，于明月夜悄悄上山，向洞里走去。他们为何要夜里去？怕兴师动众，惊动了那五位长辈。他们都是胆小的人，一旦发现剪辫子的来了，出洞逃跑，山高路险，脚下一滑，跌倒滚坡，如何得了？

夜深了，洞里并不寂静，五个老人正在说话。孟疙瘩说："张辅仁日子过得好好的，真是没事干，到处剪辫子，真是……"张驼背说："老辈传下来的，好好的辫子，剪啥呢？"独眼龙说："我寻思，咱躲哩，还不知能不能躲过去。”高粱杆说：“我看难，躲过初一，能躲过十五吗？”不知谁又说了一句：“再别说了，过一天算一天吧！”

五个人正说着话，忽听洞外有动静，顿时吓得鸦雀无声，蜷作一团。他们害怕极了，心想莫非是追来了？

果真是追来了。安小文问：“还好吗？大叔大伯们，我们看望你们来了。”

这当儿，张辅仁已点亮灯笼，洞里通明。五个人见剪辫子的追来了，都跪在地上连连磕头，说：“饶了我们吧！”

张辅仁说：“都快起来，磕啥子头？想必干粮早吃完了，饿坏了吧？快吃凉粉。”

一碗碗调好的凉粉都在笼里，满洞飘香。五个老人看到香喷喷的凉粉，嘴角溢出了口水，但不知张辅仁葫芦里卖的什么药，就都愣在那里。安小文说：“我辅仁哥想到你们在洞里饥渴，就叫贞琴嫂子做了豌豆凉粉，给你们送来了，快吃吧。”

饥不择食，五个人什么都不顾了，接过碗来狼吞虎咽地吃起了凉粉。

张辅仁还提来了一瓷罐凉开水，给吃过凉粉的人每人倒了一碗。

吃饱了，喝足了，该说正事了。可此刻，谁也不说话，洞里寂静无声，掉根针都能听到。

过了半天，孟疙瘩才说道：“辅仁，叔不好，你别怪。剪吧！”

“剪吧！剪吧！”五个躲藏的老人都发话了，同意剪辫子。于是，月亮湾一带最后留辫子的五个老古董，将辫子全剪了。

剪辫子、绽脚、禁烟，还有男女平等，是辛亥革命给偏僻边远的月亮湾带来的大好事，该让子孙后代不忘这段有趣的历史。张辅仁就让人用石灰加麻刀将这个洞搪了一遍，请画匠画了一幅幅画，有《禁烟图》《绽脚图》《剪辫子图》……都有小情节，类似于连环画。

剪辫子洞因最后五根辫子在这里剪掉而得名。有人说："这洞名概括不了，还有绽脚、禁烟呢。"又有人说："那就以时间命名，干脆叫'民初洞'吧。这都是民国初年发生的事。"

众人笑说："也行。"

9. 红军洞

中华民国二十三年（1934）腊月底的一天深夜，住在"Y"字沟（进沟走一段，沟分两岔，东一条，西一条，呈"Y"字形而得名。后因两条沟顶山上各修有古堡，又称堡子沟）进沟不远的西坡下有一户人家正在睡梦中，忽然有人敲门。主人张辑平醒了，从轻轻的敲门声判断，应该不是歹人，就披着棉袄坐在炕上问："谁？"

敲门人说："老乡，我们是红军，老百姓的军队。我们饿了，请你给做顿饭吃。我们是给钱的。"

一听说是红军，张辑平心里噔地跳了一下。白天他去杨斜赶集，听人说红军吃了老乡地里的萝卜，把钱塞在窟窿眼里了。见一个老汉穿的"火龙单"浑身打颤，红军就给了老汉棉裤、棉袄。老汉穿上暖和了，哭着说："红军是好人啊！”

这样好的军队，竟到了自家门上，张辑平忙叫老伴起来做饭，叫几个儿子起来生火。

红军战士进门了，一共有八个人，还有一位女红军，大着肚子。他们放下武器、行囊，围拢在一起烤火。张辑平这才问：“老总，你们是不是安徽人？”

其中一个当官模样的人笑着说：“我们不称老总，那是百姓对国民党兵的叫法。我们红军是共产党和毛主席领导的军队，人人称同志，也叫同志哥。”其他同志介绍说：“他姓仝，是我们的连长。”

“噢，好！仝连长！”

仝连长问张辑平：“你怎么问我们是不是安徽人？”

张辑平说：“我从你们刚才叫门的口音，听出是安徽腔。从你现在的说话，我更断定你是安徽人。”

仝连长惊奇了，问：“安徽有你的朋友吗？你能听出安徽腔？”

“我们老家就是安徽人。”

仝连长几乎大吃一惊：“老家安徽？”

张辑平说：“是啊。老先人是从安徽迁来陕西的，那是明朝嘉靖初年的事。老先人教导后辈不要忘记老家的风俗习惯，不要忘记老家说话的口音。因此我们会说陕西话，还保留着一些安徽话。”他说着，便学了几句安徽腔。

仝连长和几个战士听得高兴，情不自禁地哈哈大笑，说：“真想不到，在这秦岭深山，竟遇到了老乡！”

乡党见乡党，两眼泪汪汪，双方愈加亲切，几乎无话不谈。仝连长说：“我们是红二十五军，首长是程子华、徐海东、郑位三。一般都说是徐海东带的部队，大多数是河南、湖北、安徽人。”他指着几个战士说：“像小腊、小莫、小仇和我，都是安徽人。一路走来，许多陕西人也参加了红军。”

饭熟了，张大娘和大儿媳妇做的是油泼辣子糊汤面，满屋飘香。红军战士早饿了，吃了个饱。吃完饭，仝连长执意要给钱，张辑平不肯收，说：“同志哥能来吃顿便饭，我哪好意思收钱？”仝连长一看不行，就写了一张欠条交给张辑平，说：“你老人家把这张欠条保存好，待全国胜利了，到人民政府领款。”张辑平把这张欠条珍藏了几十年，但他没去人民政府领款，而将它作为传家宝。

红军来到月亮湾，在许多人家都里住过，在龙王庙开过会，在秦岭口成立了区苏维埃政府。红军来时抬了几位伤员，有两位伤员后来牺牲了，老百姓把他俩偷偷埋在七家沟堖，每年清明节都去烧纸。有两位伤员在茶饭沟一户张姓人家养伤，因伤势过重也牺牲了。红军走后，乡公所得到密报，把掩护红军伤员的两家人的儿子残酷地杀害了，连尸首都无踪影，真可怜！

直到 2017 年，由当地村民申请，商州区民政局拨款，在幽静的七家沟修建了一处陵园，将红军烈士骨骸和两位为掩护红军而牺牲的群众的英灵都安葬在这里，供世代祭奠。

有一位红军伤员姓高，时任营长，人们称他高营长，湖北人。高营长腿部受伤，比较严重，难以行走。一天夜里，老百姓把他抬上太平山，安顿在一个洞里，铺上了干草，仅有一条棉被。高营长住在这里，由张辑顺为他疗伤。

张辑顺与张辑平是堂兄弟，均为张星魁的后裔，是第十三代孙。张辑顺是这一带的名医，内科、外科都在行，既居家坐堂，又出诊行医。将高营长安排在洞里之前，仝连长就托乡党张辑平物色医生给高营长治伤，张辑平说堂弟医术好又可靠，所以就把张辑顺悄悄请来了。

张辑顺住在月亮湾斜对面山坡，往往天不亮就提个笼(放药品）上太平山，回家时天都黑了。张辑顺给高营长敷的药、服的药都是精心炮制的中草药，都是他亲自上山采挖的。有一天晚上，张辑顺上山给高营长换药时，被吓了一大跳。当时夜很黑，他走到骆驼路半道，只听身后有响动，以为是保丁盯上了他。他弯下腰，猛地回头一瞧，有个东西纵身一跳，从一侧扑下山坡去了。他这才猜想，应该是什么动物，虚惊一场。

当时正值年节，高营长的吃喝由张辑平一家负责，他们家住得近，上下无人的时候就带了东西钻进门前树林，走几步从洞沟进去，穿林登山就到了洞里。张辑平的儿子们都给高营长送过饭，他们同高营长说过许多话，知道了苏维埃、十月革命、抗日等。他们了解了高营长的身世：爹妈晚年生他时因生病无钱医治而先后去世，由当长工的姐姐、姐夫养育他，可姐姐、姐夫被财主害死了，他就当了红军。后来，张辑平的一个儿子参加了红军，南征北战，屡屡立功。中华人民共和国成立后，他参加了抗美援朝战争，后被组织分配到新疆生产建设兵团工作，一家人都在北疆。他是和字辈，叫张和云，家乡人只叫他的小名——铁虎。

月亮湾参加红军的还有张辑顺老伴在路上捡到的孤儿，领回家后叫张西娃，参加红军时化名冯西金。红二十五军首长为红军战士冯西金签写了“红军家属优待证”，此证原件现存中共商洛市委党史研究室。冯西金曾任红军班长，可惜在一次战斗中光荣牺牲。

高营长痊愈归队后，加入了辗转鄂豫陕边界的红七十四师。中华人民共和国成立后，在省上工作的高营长重返月亮湾，不仅拜访了张辑顺、张辑平等救命恩人，还到太平山上他养伤的洞里看了看，临走时痛哭不止。

月亮湾百姓对红军、对高营长有着深厚的感情，几位好心人一合计就在高营长住过的洞里塑了像：一位戴红星帽、穿灰军装的红军伤员半躺在草铺上，伸出一条伤腿让一位乡医给敷药，旁边还放着一个饭罐……

好心人说：“塑这红军像，旨在使月亮湾子孙后代不忘红军为了人民流血流汗，曾在此洞养过伤。”

此洞就叫红军洞。

10. 解放洞

全国曾有许多人都叫过同一个名字：“解放”。张解放、李解放……同样，用“解放”命名的地方也不少，解放桥、解放沟、解放路……西安有一条大道，每天人头攒动、车水马龙，就叫解放路。重庆有一座解放碑。无独有偶，月亮湾的太平山上，有个解放洞。

中华民国三十七年（1948）春日的一天，月亮湾来了一个人，中等个头，庄稼人打扮，挑着担子。担子一边的木箱里面有墨斗、斧头、刨子等，另一边是锯、锛子等。他是木匠林氏，家住东乡，最擅长做风箱。他做的风箱轻巧、耐用，将风箱杆子一拉一送，风箱舌头就叮铃咣当、噼里啪啦，既悦耳动听，又扇出了悠悠的风，吹得灶膛里的火苗呼呼地跳跃，不大一会儿锅里的水就烧开了。他做的风箱是做饭女人的最爱，男人们也很喜欢，因为会节省许多柴啊！他常来月亮湾做活，跟大家都熟识，这次专程去张和运家了。

张和运老实巴交，人很勤劳，一年到头很少说话，把地里的活做得像模像样。他把地里的小石头捡起来，在地畔倒了几堆，小草拔得一棵不剩，又加粪肥足，庄稼年年长得好。他的父亲张辑本和母亲邵麦娃是村里数一数二的老好人，对谁都尊重，谁也不欺负他们。外村人都说："月亮湾的张辑本一家，都是老实人、好人。"好人有好报，好人有好福。

早在14年前，张和运31岁了还娶不到媳妇，别人的儿子十七八就结婚了，30多岁时孩子都10多岁了。张和运的小名叫运娃，父母起这名字盼他有好运气，谁知他连个媳妇都没有，好运气在哪？张辑本老两口为儿子的婚事发愁，往往一宿一宿睡不着。不过，好运毕竟还是来了。

一天夜里，有人轻轻敲窗子，说有要事商量。张辑本两口子连忙穿衣下炕，点灯开了门，进来的是张辑平和他老婆。张辑平一进门就转身关了门，这才对张辑本两口子悄悄说："我俩给咱运娃瞅了个媳妇。"

"啊！真的吗？"张辑本两口子异常惊喜，但还是压低着声音。

张辑平老婆说："当然是真的。"

张辑本便问："哪里的娃？都要啥彩礼？"

张辑平笑着说："湖北的娃。一分钱不要。"

张辑本脸有愠色，说："哥，你是开玩笑吗？怎么不要彩礼，湖北的？"

"真话。"张辑平的老婆郑重其事地说："这娃叫杜月莲，比运娃小10岁，今年20岁，湖北人。长得齐整，很懂事，嘴也甜，在村里是数一数二的。只是一样，她有身孕。"

"身孕？"张辑本的老婆说："这倒没啥，生到咱家屋里就是咱的娃。只是，这娃有啥麻达（指病）吗？婆家休了？"

张辑本厚嘴木讷，眼里愣怔，显然有无尽疑惑。

张辑平想了想，讲了杜月莲的情况。月莲父母耿直，和村霸吵架，被打死了。她连夜逃出去当了红军，她初婚的丈夫也是红军。谁知，大前天在城南，红军与国民党军打了一场遭遇战，月莲的丈夫身负重伤，来到月亮湾医治无效死了，埋在七家沟里的红军烈士其中一个就是她丈夫。月莲与丈夫感情笃深，与村民一道悄悄掩埋了丈夫的尸体，强压住心中的悲痛，要跟同志们一起去杀敌。然而，月莲怀着身孕，环境又恶劣，随时会打仗，怎么前进？月莲不忍心给同志们添麻烦，索性住下来另嫁个好人，安全生下孩子，对丈夫的在天之灵也是慰藉。她不忍心离开部队，暗暗地哭。同志们劝她："只能这样了，别伤心了。"仝连长说："月莲同志，只要你不忘咱们红军，比啥都好。"就把她托托付给张辑平老两口。张辑平一家合计了再合计，觉得张辑本一家是可靠人，就说媒来了。

张辑本两口子心软，不由得抹起了眼泪，心想月莲的命真苦，就说："你们把月莲领来，我们把她当亲闺女对待，孩子生下来就是我们的亲孙子。"

张辑平老婆说："这是大事，对月莲的来龙去脉要保密，怪担心的。要给运娃说说，看他是啥态度。"

正说着，运娃从西边小房里出来，跪在张辑平和他老婆面前，说："谢谢二老，侄儿给你们磕头了。这事我愿意，啥都不怕。我对她和娃一定好。"

10 多年过去了，虽然有过风风雨雨、坎坎坷坷，但世界上没有过不去的坎。杜月莲生的那个红军烈士的遗腹子叫大红，已 13 岁了。后来，月莲又生了个儿子叫小红，已 10 岁了。全家和睦，丰衣足食，但月莲却有个心思，怎么也挥之不去。她一直想红军，想同志们，想仝连长，想战士青贵、水牛……还想牺牲了的前夫，那位红军战士。张和运真是好人，每每见她有了思念前夫的心思，就趁黑牵着她的手上七家沟垴给她前夫烧纸……

有时候，杜月莲心里空落落的，想哭就偷偷地哭，万箭穿心般伤心。她的心里话给谁也不能说，给公公不能说，给婆婆不能说，给运娃也不能说。一个人将心事憋在心里异常难受，她的心事却让木匠林氏看出来了。

一天中午，屋里没别人，做木匠活的林氏停下手中活儿，把杜月莲从小房子叫出来问："月莲，我看你有心事。"

杜月莲说："我有啥心事？"

"大心事。"

"胡说。么是大心事？"杜月莲不禁说了句湖北话。

一听到"么是"，林氏更坚定了他的判断，就大胆说：

“你想组织了，共产党组织。”

杜月莲瞪圆了眼睛，瞧着林氏。

林氏常去蟒岭做木工活，那里是游击区，早就有共产党在活动。林氏的朋友、常去借住的屋主刘彦明就是共产党员，他家是堡垒户。刘彦明家虽住在一条小沟的林下，单庄独户很偏僻，可常有人往来，有时是夜深人静，有时是大白天。渐渐熟了，刘彦明就叫林氏干革命，给他讲了共产主义，给他讲了全国解放，并给他分配了几宗侦察工作，他都秘密完成了。有一天，林氏在刘彦明家遇到了一个人，圆盘脸，高个子，目光炯炯，很和气，名叫谢正学，人称老谢，西南乡林岔沟人。林岔沟离月亮湾很近，老谢叮嘱林氏说：“月亮湾老辈人是从安徽迁徙来的，文化底蕴深厚，红军就在那里住过，建立过苏维埃政府，群众基础好。你以做木工活为掩护，去月亮湾认识些人，多交些朋友。你虽然还没入党，但我听刘彦明说过，你已为我党做了许多工作。你到月亮湾以后，方便的时候可以讲讲革命前景，鼓舞人心。但是，保密和安全一定是第一位的。”

林氏听了老谢的话，就来到月亮湾给许多人家做他的拿手绝活风箱。他认识了许多人，还交了几个朋友。

林氏在月亮湾听说张运娃的媳妇杜月莲是湖北人，他就琢磨是不是与红军有关？听村里人说，那年红军在村里住过，在龙王庙开过会……后来，林氏给运娃家做了一个风箱，他分析杜月莲曾经是红军战士，虽然脱离部队 10 多年了，依旧念念不忘红军。因为那天他做风箱时，听在小房子做针线活的杜月莲低声哼着歌儿，那歌很好听，很动人心。他听了几次才听清了，那歌词是：

夜半三更哟，盼天明。
寒冬腊月哟，盼春风。
若要盼得哟，红军来，岭上开遍映山红。

林氏在刘彦明家曾听一位老同志唱过那支歌，所以他就大胆讲了杜月莲想的事。他怕杜月莲不相信，就讲了老谢叫他来月亮湾的任务。

关于老谢，杜月莲听村里人说过。在月亮湾下边，不远处有个林岔沟，兄弟俩谢正学和谢正兴都是共产党闹革命的，手下一帮人都有枪杆子。杜月莲听了很兴奋，这下有盼头了。她想暗地里去找老谢他们，就给林氏说："你给老谢讲，杜月莲决心归队，为革命在所不惜！"

春夜，四山静谧，没有风，暖暖的。在太平山一个古洞中，点燃了一根蜡烛，一片明亮。洞里有五个人，除了林氏、杜月莲、张和全，还有一个是梨湾沟人。另外一个人，高个子，圆盘脸，目光敏锐，就是谢正学，人称老谢。

老谢说："大家以前都不太熟悉，如今在这洞里相会，无论如何都是一家人。我要给大家说的是天快亮了，在共产党、毛主席的领导下，解放战争如火如荼，节节胜利。打倒蒋介石，解放全中国，是我们的中心任务，并且指日可待。大家知道，黎明前愈加黑暗，斗争更加残酷，所以我们要扩大力量，和敌人坚决做斗争。经过考察，各位都愿为革命付出。比如林氏，为革命做了许多工作。尤其像杜月莲，参加革命时间最早，是红军战士，还参加过长征。可惜，我那时候啥也不懂，还是个学生。"

杜月莲心里一酸，眼泪流了下来，哭道：“我对不起党，再没往前走，脱党了！”

老谢宽慰说：“你别难过，那是客观形势所致，不是你个人问题，谁都能够理解。在那样的恶劣形势下，你挺个大肚子如何前进，硬去做没必要的牺牲吗？况且，你受过党的教育，知道群众基础的重要性。这10来年，你和月亮湾父老乡亲关系很好，老年人称你好女儿，同辈人称你好嫂子、好姐姐，晚辈人都叫你好婶婶。有这么好的群众基础，比啥都好。”

老谢接着说：“你生了大红，为烈士留下了遗孤，革命自有后来人，对牺牲同志的在天之灵也是慰藉。”

大红解放初去县上参加了代号叫独立营的解放军，朝鲜战争爆发后，小小年纪的他跨过鸭绿江抗美援朝，当了一名卫生员，曾负过伤。朝鲜战争胜利后，大红一直在沈阳一家医院工作干到副院长，曾接他母亲杜月莲和继父张和运去沈阳家中住过多次。

杜月莲对老谢说：“我申请重新入党，回到党的怀抱，为革命奋斗到底！”

“我也要入党！”在场的人，都坚决表示要入党。

看时机成熟了，老谢从包里取出一面红旗，上面用金线绣着镰刀和斧头。这是老谢的妻子刘梦云特意做的党旗，她是一名地下党员，曾去陕北根据地学习过一年。老谢把党旗挂在正面墙上，领大家举行入党宣誓：“我志愿加入中国共产党……”

杜月莲等人入党以后，很快组织了一支游击小分队，老谢给了几杆枪，还有几颗手榴弹。

月亮湾游击小分队属老谢的大部队领导，参加过两次大战斗：一是袭击山南乡公所，一是围剿北岭敌军。

山南乡在一座高山下，一条小河边有数十户人家和一条小街。街中大皂角树对面有一座关帝庙，有上殿、献殿和东西两排厢房，驻扎着山南乡公所。乡公所是国民党县政府下辖的一个单位，从乡长到乡丁十几个人，他们敲诈勒索、无恶不作，老百姓怨声载道。

一天深夜，老谢带领游击队袭击了山南乡公所。乡公所的喽啰们万万没有想到有人来袭，有几个死硬派从睡梦中醒来光着身子端起枪胡乱扫射，使一个游击队员胳膊挂了彩。游击队员们愤恨极了，“叭”的一声，枪声四起，还有手榴弹爆炸声，一下子就打死了八个敌人，血肉四溅。在“缴枪不杀”的喊声中，乡公所其他人都举起双手，宣布投降。

这次战斗缴获了几杆枪、10枚手榴弹。但是，有一个很大的疏漏，那个恶贯满盈的豁嘴乡长不见了。游击队员问俘虏：“乡长去哪儿了？”

一个乡丁悄悄地说：“在关老爷像后面藏着。”

果然，在上殿关公塑像身后，躲藏着一个赤身裸体、只穿裤衩的矮胖子，豁豁嘴。刚才，他听到游击队进了院，差点儿吓破胆，就钻到关老爷身后藏起来了。山南人一提豁豁嘴都恨之入骨，因为他残害过五条人命。豁豁嘴的死期到了，游击队撤离时，“叭”的一枪要了他的狗命。

北岭围剿战也是惊心动魄。

北岭是秦岭商洛段的脊背，中间一个山垭长棵古树，还有一间小庙，是南来北往的通道，也是地下党和游击队的路过处。“剿共”司令部得知这一情况后，就在这里盖了三间草房，派一排士兵驻守，排长姓冉，本是土匪出身。北岭常有担挑子的生意人路过，他们就肆意抢掠，大发横财。仅仅一年时间，冉排长除了给顶头上司进贡外，自家还盖了一院大瓦房。地下党一位交通员被他们抓住后严刑拷打，问不出情报，竟挖坑将他活埋了。

上级决定除掉这颗毒瘤，任务交给了月亮湾游击小分队。

正值隆冬，北风呼啸，北岭奇冷，路上没有行人。冉排长很高兴，今夜又能睡一个安稳觉了，就大吃大喝一顿，舒舒服服地睡了。

夜寂静，天上星星眨眼，北风劲吹，北岭严寒，哨兵抱着枪，畏畏缩缩。突然，从庙后古树下扑出一个大汉，捂住了哨兵的嘴，老鹰抓小鸡似的把他拖到一边，说：“再不老实，小心你的狗命！”哨兵连连点头。

与此同时，草房起火了，火借风势，风助火威，北岭烈火熊熊，映红了半边天！

北岭战斗载入了本县史册。

杜月莲主动要求参加战斗，上级不予批准，同志们也不同意。她体力不支，行动不便，就做后勤工作吧。

杜月莲的后勤工作做得很出色：一、做鞋。游击队力量不断扩大，神出鬼没爬山道十分费鞋，杜月莲就组织姐妹们多做鞋。二、宣传。杜月莲性格温柔，人缘很好，人们都信任她，她便秘密宣传党的主张，发动革命力量。半年时间，杜月莲介绍了五个人入党，其中有两名女同志。杜月莲和隔壁人家的亲戚渐渐熟了，那人苦大仇深，常被一个有钱有势的人欺负，喊天不应，叫地不灵。后来，杜月莲介绍那人入了党，回去后组织力量扳倒了那座“山”。杜月莲还介绍一个叫张和京的小弟弟入了党……

杜月莲直接参加武装斗争，是突袭国民党县政府逃跑人员那一回。1949年夏天，山区革命荼如火如荼，人民军队向县城步步逼近。县长慌了，就和他的左右商量决定撤退（实为溃逃），并由一支武装军护送。他们的路线是出县城翻过高车岭，顺乳河逆流而上，越鸡冠岭向镇柞方向逃去，而月亮湾是必经之路。得到情报后，杜月莲立即带人做好准备，决定收拾逃匪。

那天午后，天上乌云密布，四山雾气沉沉，还下着小雨。一队背着包袱或挑着东西的人疲惫不堪地顺河向西而去。用“溃不成军”形容他们恰如其分，他们就是逃跑的县政府人马。他们刚转过一个山嘴，突然从后边传来几声枪响，两个人应声倒下了。他们断定是游击队来袭，便集中火力向四面树林扫射，却打了一阵空枪。

刚才在山嘴树林中，确有几个游击队员由一位女同志带领着埋伏在茂密的林中，待县政府人马过后，就向尾部开了枪。头一枪就是那位女同志打的，她的枪法很准。她端着枪，趴在一块大石头后，瞄准就把一个敌人放倒了。这位女同志就是杜月莲，她原来是“神枪手”，今日隐身林中才过了把瘾。毕竟寡不敌众，游击队员放了几枪就迅速撤离了。

一次小小的战斗，打死两个敌人，缴获一杆枪和两颗手榴弹。组织上肯定了他们的行动，并夸赞杜月莲“打响了月亮湾解放第一枪”。

月亮湾解放第一枪打响后不久，天就亮了，东方红，太阳升，县城解放了，全县解放了，月亮湾也解放了。杜月莲和同志们的活动公开了，他们高举着毛主席和朱总司令的画像，组织群众敲锣打鼓扭秧歌，庆祝胜利，歌声飞扬，震动了月亮湾。

解放区的天，是明朗的天，解放区的人民好喜欢……

中华人民共和国成立后，杜月莲、林氏、张和运把老谢介绍他们入党宣誓的太平山古洞命名为“解放洞”，他们把毛主席、朱总司令的画像挂在墙上，还插了一面小红旗。

11. 月老洞

太平山洞群中有个月老洞，也叫爱情洞。传说在此洞中曾经发生过一个动人的爱情故事。

太平山洞群前边有一条南北走向的长沟，早先不叫堡子沟，而叫西沟；太平山洞群后边也有一条南北走向的长沟，早先不叫秦岭沟，而叫东沟。东沟有个男娃叫安安，西沟有个女娃叫宁宁，他们从一对恋人发展为一对恩爱夫妻，相亲相爱几十年，举案齐眉，相敬如宾，儿孙满堂，子贤孙孝，耕读传家，传为佳话。

这里先讲讲两人的恋爱经过，他们的相识、相爱最初是在太平山上。太平山洞群一侧的崖畔上长了一株高大的杏树，树皮粗糙、皲裂，足有几十年树龄。夏天时，树梢结有一枚枚黄澄澄的比鸡蛋略小的大杏，当地人叫万子杏。有个上山放牛的姑娘很爱吃山果，偶然发现了那黄澄澄的万子杏，看得她口水直流，抱住杏树就哧溜哧溜爬上树梢，摘了一枚杏子咬一口，好甜啊！放牛姑娘伸手摘起杏来，摘了满满一衣兜，要带回去让家人吃。俗话说，上树容易下树难。放牛姑娘要下树时，才发现杏树长在崖畔上，下面是悬崖峭壁，若掉落下去，如何得了？这样一想，她胆战心惊，哭叫起来："妈呀，救命啊！救命啊！"荒山野岭，人迹罕至，谁来救她？

偏偏有人来救了！从南边的山梁上跑上来一个半大小子，上气不接下气，边跑边压低声音喊："别害怕，我来救你！"半大小子就是安安，他能沿低上高满山跑，能爬上高高的白杨树端掏喜鹊蛋，人们叫他爬山虎。安安来到杏树下，仰头给树上的姑娘说："你别怕，脚踏稳，手抓紧，不要往下看。等我稍歇一会儿就上来。"

树上的姑娘就是宁宁，一看有人来救她，就像遇到了大救星，一方面按他说的抓紧踏稳不往下看，另一方面还是担心他怎样救她下树。

树下的安安有办法了。他脱掉鞋，在两手掌心啐了唾沫，便抱住树身哧溜哧溜爬上去，到了宁宁脚下，说："你两手抱住树，慢慢往下溜，骑到我的肩上，像大人架着娃看戏那样。但你的双手一定要抱紧树，不敢松手。随着我往下溜，你的双手也慢慢往下溜……"

宁宁很不好意思，心想俩人都是成年男女了，怎么好意思骑在人家肩上？说是肩，还不是将人家头夹在两腿间？

安安理解宁宁的心思，说："什么都别想了！这样高的树，在这样的时候，你已吓得心乱了、没力了，除了这样的办法，还有什么办法？快骑到我的肩上！"这当儿，时间拖得越长越危险。

宁宁也没有其他办法，只好手抱树身骑在安安肩上，两人就这样往下溜……不紧不慢，一下接一下，好不容易下到地上，平安了。安安很高兴，宁宁却哭了，哭得十分伤心。过了半天，那种恐怖、惊慌的感觉才慢慢消失。宁宁拿出一枚杏递给安安：“谢谢你！”

从此，安安和宁宁在彼此心里扎了根，俩人一起在太平山上放牛、拾柴，还有许多说不完的话，包括双方家庭和街坊邻里的逸闻趣事。安安知道宁宁爱吃野果，就随着季节变换给她摘野果吃，有羊奶子、野樱桃、杏、桃、梨，两人的感情越来越深，难舍难分。就在这当儿，发生了意外的事……

宁宁的父母给她找了个婆家，家势不错，是辋川一带的大户人家，前庭后院，良田百亩，还有钱庄。那男娃一表人才，聪明过人。但宁宁不吭声，只是摇头。

与此同时，安安的父母为他物色了个媳妇，其娘家在葛牌镇是富户，声言女儿出嫁时带全套家具，在斜口还有一份家产陪送。那姑娘聪明伶俐，人才出众，百里挑一。但安安不同意，连说：“不，不。”

这一日天阴着，山间有一团团雾霭飘动。宁宁上山放牛，安安也上山放牛。两人刚到太平山，蒙蒙细雨就下起来了，打得树叶沙沙响。安安和宁宁不约而同地进了他们经常幽会的山洞。

两个年轻人一进洞，就情不自禁地抱在一起，满腹委屈，一时难以言语。过了一会儿，两人才坐下来，倾吐了各自家长给他们安排的婚事。

安安说：“咱俩真走不到一块儿了吗？上天没给咱成夫妻的命吗？”

宁宁说："不见得。事在人为，我不信咱俩成不了两口子。"

安安说："我家日子平平，怎敢跟辋川那家比？人家多有钱！"

宁宁说："有钱能咋？成亲是跟人成亲呢，又不是跟钱成亲哩。我跟辋川那娃不认识，咋样过日子哩？"

宁宁说到这里，忽然警觉起来，心想：安安的话不是味儿，难道弦外有音？她恼怒地问："你是什么意思？口口声声上天没安排咱成夫妻呀，人家钱多呀。我猜想，你是一心想得葛牌镇那户人家的全套家具，还有斜口那份家产陪送。好，既然这样，你发你的财去，我宁宁娘家穷，跟你这花花公子还说什么？"她说到这儿，拧身出洞就要走。

安安连忙拉住宁宁的手，不让她走，回话说："我不是这意思，我是担心你嫁到辋川去。至于我，确实不看重什么全套家具和斜口那份家产。人能吃多少？人能穿多少？一晚上才睡那么窄窄一绺。古人说，生不带来，死不带去，赤条条而来，赤条条而去。恩恩爱爱才是无价宝。"

安安说到这里，哭着大声说："宁宁，我要娶你，要跟你成两口子，咱生儿育女，永不分离。"说着，两人紧紧地抱在一起。

恰在此刻，洞口忽悠悠飘来一朵白云，从中走下一位白胡子老头。他包袱里背一疙瘩红线，手里拿着厚厚一本书，进洞来给安安和宁宁指着书说："你俩是一对好夫妻，婚书上早写了的。"说着抽出一根红线，将安安和宁宁拴在一起，并念念有词："千里姻缘一线牵，河南女儿嫁四川；东沟西沟一岭隔，安安宁宁结同心。"

安安和宁宁不贪图荣华富贵，结婚后恩恩爱爱，同心协力，男耕女织，家庭和睦，万事如意。他们步入耄耋之年后依旧乐呵呵，时常忆起年轻时一个架一个从高高的杏树上下来的情景，还说起在洞中的谈话、拥抱。说起这一切的时候，两人就禁不住咯咯笑了。

至于安安和宁宁在洞里相拥时，从一朵祥云上飘然而至的那位白胡子老头，他不是人而是神，传说中掌管天下男女婚事，名叫月老。

安安和宁宁说，他俩的婚事是月老撮合而成的，所以一有闲暇就上太平山中他们谈情说爱的那个洞，一方面回忆美好的过去，另一方面是敬奉月老。

后来他俩在此洞中塑了月老像：一位目光睿智的白胡子老头正襟危坐，面前条几上放一本厚书——《婚事》，左手还拿着一团红线。

从那以后，方圆几十里处于热恋中的男女都上山进洞敬奉月老，以求婚姻美满，多子多福。据说月老极其灵验，一传十，十传百，传得很远，商州城、长安府也有人常来朝拜。

就这样，此洞就有了一个别致的名字——月老洞。有些好事青年，又给它取了个时髦名字——爱情洞。

12. 观音洞

很早以前，大约在明末清初的某一月初一清晨，月亮湾和周围村庄几位衣衫整洁的老太太不约而同聚集在一个姊妹家中，说她们昨夜做了一个梦，梦是不同人做的，内容却相同：天气晴朗，蓝天白云，满山碧绿，空气清新。姐妹们分别在山上薅猪草，蓦然间从远空中走来一位女人，头上发髻高挽，雍容华贵，慈眉善目。随着一阵清风吹拂，那人进了太平山一个洞。姐妹们觉得那人亲切，就不禁长了翅膀一样，脚下生风，向那洞飞了去。一进洞门，禁不住跪了下去，非常虔诚。

原来，洞正中有一座莲花台，台上庄重地坐了一个人，正是观世音菩萨！同时，耳畔传来了悦耳的歌声：净瓶水，杨柳枝，大慈大悲观世音……

老姊妹们各自说了梦，都觉得奇怪，何以人各异，梦却相同？讨论来，讨论去，结果达成一个共识：观音菩萨托梦了，观音菩萨要住进太平山这个洞里了。

单丝不成线，独木不成林，众人拾柴火焰高。大家一合计，就把观世音菩萨塑像请进洞中，引来了许多善男信女……

13. 老君洞

让太上老君在太平山有个洞安身，是张星魁的儿子们决定的。从老大到老九先后都听老父亲说过他起初要在太平山月亮崖凿洞的动议，是太上老君点化的。儿子们都说不能忘记太上老君的恩德，后来便有了老君像、老君洞。

好不容易将太平山洞群中各个洞的历史渊源及其故事写完了，我禁不住深深舒了一口气，想起一句流传千古的名言："前人栽树，后人乘凉。"这话用在此处，再贴切不过了。是啊，有了月亮湾张氏先祖张星魁的凿洞，他的一代代子孙才有了平台，在洞中演绎出一则则曲折复杂、耐人寻味甚至惊心动魄的故事。太平山古洞群成了历史书，成了时代画卷，一个个洞的故事浓缩了400多年的历史。太平山古洞群为一代代古人创造条件、服务，还为一代代子孙造福，定会源远流长，益于百世。

想到此，投入写作的我情不自禁站起来，对尊敬的张星魁老人及其夫人大翠、小翠，甚至还有梅香，深深地鞠了一躬！他们功劳卓著，分明就在我的眼前栩栩如生、活灵活现……

每每想起太平山古洞群，每每探访太平山古洞群，都使我虚怀若谷、精神焕发，以致我在写作中思维活跃，人物故事纷至沓来。何以如此？我想起了两个字：神秘。古洞总有高深莫测、摸不透的东西，但究竟是什么，我琢磨不透。过了些日子，我思索起个中缘由，忽然想起一个词"洞天福地"，眼前为之一亮。就这样，"洞天福地"这四个字一直在我脑海里萦绕，似神灵在眼前不时闪现。有一天，我请宣传部一位年轻同志从网上下载了"洞天福地"的渊源，如获至宝，便研读起来：

洞天福地是道教仙境的一部分，多以名山为主景，兼有山水，认为此中有神仙主治，众仙所居。所谓洞天，为山中洞室，通达上天，览通诸山；福地者，得福之地，可受福度世，修成地仙。东晋《道迹经》云："居月弗地，必度世，见太平。"

洞天福地涵括的地域宽泛，有洞天、福地、靖庐、水府、神山、海岛等，就是十大洞天、三十六小洞天、七十二福地、十八水府、五镇海渎、二十四治、三十六靖庐及十洲三岛，无尽虚空宇宙世界。洞天福地的产生、形成，与史前及文明初期中国古代先民的山居习惯有密切关系。壮丽的群山，奇峭的峰峦，幽奥的洞壑，山中变化的万千气象，足以引起人们的共鸣和遐想，对洞天福地产生深刻的体悟，妙不可言！

洞天福地系风景优美之地，是地上的仙山，有隔绝性、隐秘性，因而便有神秘性。因此，东晋葛洪说："此皆是正神在其山中，其中或有地仙之人""可避大兵大难。"

清人李汝珍在《镜花缘》九十九回中写道："如此洞天福地，倘得几间幽室，在此暂住几时，也不枉人生一世。"

如此仙境，怎不令人神往?!

下篇　开发

1

探洞归来，我的心情久久难以平静，想起了两个字眼：开发！开发是对过去没有利用的资源加以利用、开拓。是的，月亮湾地处乳河上游、秦岭腹地，满山碧绿，空气清新；夏日凉爽，夜眠盖被；民风淳朴，风景如画，尤有太平山古洞群……

恰逢太平盛世，开发月亮湾风景区正当时。于是，我想起了力主开发月亮湾风景区的第一人——张镇平。

镇平，不惑之年，个高脸圆，身材魁梧，一派福相，当是张星魁第十四代孙。早在20年前，他在原杨峪河区文化站当站长时工作出色，被评为全国先进文化站工作者。我为镇平写了一篇宣传文章，刊登在省上一本杂志上，他因此到省上参加了颁奖大会，增长了不少见识。自那以后，我们过从甚密。

不久，镇平改行做了行政工作，在乡镇担任领导职务，由副职到正职，又进了区委一个部门……

镇平对党忠诚，廉洁奉公，尊重领导，团结同志，工作认真，勇于创新。他在闫村乡任党委书记时，一心想改变该乡贫困面貌，遂以红色资源、自然风光等为基础，锁定了旅游开发项目，吸引了长安大学有关教授前来观光、规划，多家投资商对闫村乡也有开发意向，一时车水马龙，宾客盈门。后来，在他的力主下，闫村乡将高大雄伟的红军纪念碑竖起来了，成为红色教育基地，得到了省上有关部门的重视。

事实证明，镇平是认真的人，是咬住青山不放松的人，是忠于职守的人。2016 年夏日的一个星期天，镇平约我去他家谈事，我听后的第一想法是，钦佩和兴奋。钦佩的是镇平有“抗战到底”的精神，兴奋的是他终于发现了“新大陆”。

于是，“先睹为快”的想法敦促我登山探了洞。

经过反复发掘、搜集以及与多方人士座谈，查阅了许多古人和今人的对话资料，我写出了《土楼》和《洞群》的文章。那是一代代人在太平山古洞群中发生的一桩桩故事。

镇平人缘好，利用星期天的时间，组织一拨拨同志都到月亮湾来了，上了太平山。计有党史办的同志，民政局的同志，旅游局的同志，还有媒体记者、作家、画家……一篇篇文章见诸报端。

镇平锐意不减，为家乡脱贫致富奔小康牺牲个人休息时间，我曾借用一句歌词问他：“你这样执着，究竟为了什么？”

镇平眼睛湿润，说：“祖先背井离乡从安徽迁徙来月亮湾，又上太平山凿洞群，让子孙后代一辈辈在洞中从事一件件有意义的事，体现了人生和世事的许多真谛。作为后辈的我，来尘世一回不容易，如果不干些实事，对不起古人、今人和后人。人生短暂，不可怠慢。”

还有一点，是最重要的。镇平说：“党的政策这么好，十八大以来习总书记系列讲话深入人心，正逢太平盛世，国泰民安，不忘乡愁，为家乡办些能办的事，才能心安理得。”

我明白了，点点头说：“是了，是了。”

张建民，很年轻，本科学历，是人民教师。小伙子善于思索，思想有深度，敢于吃苦，为人赤诚。他是镇平的堂弟，也有一腔热血。得知堂兄镇平苦于为家乡着想，他挺身而出站了出来，说：“哥，干！就是抬石头，兄弟我也能扛一头！”他说，他没有别的爱好，闲暇时间太多了，就利用节假日帮堂兄镇平为家乡办些事吧。他说到做到，做了许多事。

张建民的父母是明白人，一看儿子为家乡的事操心费力，也极为支持，说：“为众人的事多出些力，也是一种德行，善事，好事。”

打虎不离亲弟兄，这是古人总结出来的至理名言，这在开发月亮湾的事业上也派上了用场。镇平的堂兄堂弟们都积极参与了，他们是张念鱼、张帮学、张帮权、张帮义、张福兴……

林祥稳，1972 年 1 月出生，中国农工民主党党员，大专学历，现为商州区林强口腔医院院长，商州区工商联副主席，农工党商洛市医卫支部主委，商洛市第一届、第三届政协委员，商洛市第三届政协常委，商洛市第四届人大代表。

林祥稳一听说家乡月亮湾要搞旅游开发，就待不住了。他说，家乡是生养自己的地方，一想起来就十分亲切。树长千尺离不了根，老革命一说起延安就“梦里回过多少回”。

为开发家乡月亮湾，林祥稳身体力行，献言献策，勇挑重担。

西安市蓝田县知名人士林彩霞，得知娘家月亮湾搞旅游开发。一想到哺育自己长大的那个美丽小山村终于要与世人见面了，她异常高兴，立即将这一消息告诉了丈夫满都锋。

满都锋，1965 年 6 月生，大专学历。蓝田都锋口腔医院院长，中国农工民主党党员，西安市第十六届人大代表，曾担任蓝田县第十、十一、十二届政协委员，西安市第十二届工商联执委，蓝田县第十三届卫协会常委。他是陕西省口腔医学会会员、中华医学会陕西分会会员、国际中西医学会会员、陕西省国际医学交流促进会理事，从事口腔临床工作 30 余年，曾多次在第四军医大学、西安交通大学学习深造，工作成绩卓著，获得殊荣几十项，并培养了许多名行业专家。他为月亮湾的旅游开发，贡献了很大力量，令人称颂。

当然，当地镇政府、村党支部、管委会的同志，还有包村单位和同志，也都对月亮湾的旅游开发事宜关怀备至，鼎力相助。

村里有一位老人，对月亮湾的旅游开发最支持。他叫张和京，年过八旬，耳不聋，眼不花，身板硬朗。他有二儿二女，都在外地工作，已经儿孙满堂。除了去儿女处小住外，他和老伴都在老家过日子。他是乐观人，像尊弥勒佛，别人问他："咋不在外享福？"他哈哈一笑说："故土难离！"

张和京是堂嫂杜月莲当时介绍入党的最年轻的一名党员，曾参加过在山嘴树林中袭击逃亡县政府人马的战斗。中华人民共和国成立以后，张和京有许多次机会可以外出工作，但因为他是老党员，主动放弃了这样的机会，一直在农村干革命，干部没离过身。他当过村主任、行政主任、初级社社长、高级社主任、大队队长、支书，甚至还干过出纳、保管、会计、民兵连长、监察主任，食堂化那会儿还干过几天管理员，给大家打过饭。

张和京是一位能反省的同志。到了晚年，他给朋友说，他今生犯过两次大错误：第一次是中华人民共和国成立初，土地改革中他在村里当了一名干部。分享胜利果实时，另外两名干部——农民代表和会计竟背着他各分了一块地，并私自给他分了一片坡。土改结束后，他才知道这事，但他默认了。一则，那两位干部比他年龄大，属于长辈，碍于面子，他没有言声。二则，他毕竟轻而易举得了一面坡，坡上的树很稠，密密麻麻，是份财富。一天深夜，月亮明光光，他一个人悄悄上到那面坡上，情不自禁地对树默默说："树啊树，你们已不再是地主的了，是我张和京的了。"但是，他毕竟心虚。

那时老嫂子杜月莲同志健在，如果她叫着他的小名问："京娃子，你那一片坡是怎么来的？"

他该怎么回答？他会满脸通红，无地自容。是啊，一名共产党员，咋当了贼娃子？他不敢想、不敢看，也不敢再到那面坡上去，直到合作化时入了社，他才如释重负，长长舒了一口气。

张和京说，他的第二个错误发生在查田定产时，那是土地改革后的第二年。土改了，人人都有了地，基本平均了，就要把各家各户的土地用法律形式固定下来，发给土地证，由县长签名。这就有了查田定产：县上派工作组下来驻村，讲了意义和有关政策，成立丈量小组，由小组长领着到各个地块，以长方形、正方形、梯形、三角形等丈量，将算的结果填在表册上，写在标牌上。标牌上主要写户主姓名、土地位置、丈量结果，例如几丈几尺，几亩几分几厘，以及负责人（小组长）姓名。标牌是四指宽、二尺长的木板，写好后插在地头供人看，表示公平、公正、透明。丈量小组一村有两三个，分布各处，开展工作。

查田定产说起来简单，实际上很复杂，要负责任，不能出差错，更不能徇私舞弊，让熟人、亲戚占便宜，必须铁面无私，公事公办。这就忙坏了村主任张和京和工作组。本村的工作组是一位女同志，中等个头，眼睛清澈、明亮，如两池碧水，嘴唇红润，又有文化，工作扎实、泼辣。这位女同志姓凤，工作单位是县妇联，所以人们称她凤妇联。为了不出纰漏，凤妇联就叫上年轻的村主任张和京一会儿到这个丈量小组看看，一会儿到那个丈量小组看看，指导、检查工作。上西洼时，她滑了一跤，跌个尻子墩。这可把张和京吓坏了，急忙拉起她，问："疼吗？"凤妇联瞧了张和京一眼，嫣然一笑，说："没事，没事！"

凤妇联借住在张和京家。他家有三间瓦房，他和父母睡东间炕，凤妇联住在西间炕。

那一天，爹妈到姐姐家去了，晚上没回来。张和京和凤妇联吃过夜饭，在灯下谈了一会儿工作，说了一阵儿闲话，就各自睡了。山乡寂静，不知到了什么时候，蓦然间于迷糊中，张和京发现身边躺了个人，赤身裸体抱着他。张和京年轻力壮，一阵亢奋，血液沸腾，兴奋至极。就在这当儿，他意识到身边人不是别人，而是他尊重的凤妇联！他想，我张和京是共产党员，共产党员是特殊材料制成的，怎能和工作组的女同志干那事？再说，我已有了媳妇，腊月间就要结婚，胡搞怎能对得起她（那个她就是他现在的老伴）？

张和京这样一想，头脑清醒了，心也静了。

凤妇联烈火正旺，熊熊燃烧，怎么也降不下来。她抱住年轻的张和京，伸出柔软的手去摸他，令她失望的是他完全没有反应，她要用手对它下功夫。

然而，张京和拦住了她，说："我是共产党员！"

凤妇联生气了，七窍冒烟，心想：你是共产党员，我不是吗？干这事跟共产党员有关系吗？不过，他那一句话，如一盆凉水从她头顶泼下来，全身心立刻冰凉。凤妇联连忙起身，悻悻然回到她的房间去了。

第二天，张和京不敢看凤妇联，一看她就脸发烧，眼神立刻就躲开了。

凤妇联呢？恼怒、怨恨的情绪还没消散，一看见他，眼神也躲开了，那是一种不屑的藐视。

好在这种尴尬局面并没有持续多久，凤妇联就回城复命了，因为查田定产工作圆满结束了。

凤妇联走了，张和京心里却难平静，总有一种浓浓的愧疚感。直到1962年春节前，生产队杀了一头猪，给他家分了二斤肉。他舍不得吃，又加了一块自家做的豆腐，要给凤妇联送去。妻子问他："你给谁送年货？"他不能直讲，只说："一位朋友，商洛地区一个部门的领导。"凤妇联早已调到商洛地区一个单位当头儿了。

凤妇联有自己的住房，是三间平房，一个客厅，东西两个卧室。还有一间灶房，建在厦屋。张和京去的时候是星期天，家里没有别人，只有凤妇联一个人。张和京很高兴，多年没见，深感亲切，有许多话要说，所以一进门就叫："凤妇联，你好！"

凤妇联当然认识张和京，借用民间一句话说，烧成灰都能认识。两人毕竟有过非一般的关系，虽无实质性接触，但赤身裸体搂抱过。一男一女秋夜在山乡土炕上的举动，怎么说都非同小可，岂能忘记？然而，人是很复杂的，凤妇联一见张和京，只冷冷地说了两个字："是你？"

张和京不知所措，把提来的肉和豆腐往茶几上一放，有心坐在沙发上，可主人没发话，就只好站在那儿，呆呆的。他本想问，你丈夫呢？你孩子呢？都不在家吗？又觉得多余。他想着凤妇联会问，村里某某怎样？某某还好吗？因为她在月亮湾查田定产工作数月，与群众朝夕相处，关系不错。村里人有时候说起闲话来，还会互相问，谁知道凤妇联在哪里工作？那可是好人啊，挺和气，没架子，有文化，说话声音多好听啊！

张和京天真地想，凤妇联要问起月亮湾的人和事，他会如数家珍，一一道来。当然，那晚的事不能提，两人心照不宣，心知肚明。但凤妇联什么都没有问，好像家里没有来人，也没让他坐。他呆站了一会儿，觉得实在没趣，就说："我走呀。"凤妇联这才说了一句："你把东西拿上。"指着茶几上的肉和豆腐。

张和京说："我咋能拿来又拿走？虽然是困难时期，但咱山里生活不错，生产队杀了几头猪，我家分了10斤肉，还分了不少豆腐。我和娃她妈商量了，就给你拿了些肉和豆腐。我听说了，城里人比乡里人更困难。"

凤妇联居然没有说话。张和京便憎恨起了自己的喋喋不休，还说什么呢？他便走了。

听故事的人被张和京的述说深深打动了，但又生出几个不解的问题：那晚上是她的不对，你有什么错误？再说，你觉得不该就不行了，与她没干什么，何错之有？

张和京说："那夜我爹妈不在家，我也应该离开，去别家寻睡处，不该留那样一个机会，可我没有警惕。我没跟她干那事，怎么说都是对的，至今不悔。但不知怎么，我总觉得伤了她，内心十分愧疚。一想起此事，心里就不美。"

听的人就说："没必要，完全没必要！"

另一个人问："你给人家诚心送了过年的肉和豆腐，人家怎么对你不冷不热？"

张和京说："我也不知道为什么。"

"哈哈！不知道？你想去。"

还有人说："你实在不该给人家送肉和豆腐。时隔10年了，你……"

张和京哈哈大笑，说道："我无怨无悔！"

张和京就是这样的人，他要为家乡的旅游开发出力。

这一天午间，张和京从外边兴高采烈地回到家，对老伴扬声说："娃他妈，你知道吗？有一件大好事！"

坐在小凳上绑小扫帚的老伴放下手中活计，问："看你一惊一乍的，啥大好事？"

张和京这才以夸赞的口气说："几个娃们张罗着要在村里搞旅游开发呢！"

老伴笑了，说："这事在村里都打了锣了，你才知道？不就是开发古洞、办农家乐、搞旅游么？"

张和京说："我不是进城浪了几天嘛，回来才听说，还当新闻呢。"

老伴笑说："说了一阵了。"

张和京对老伴说："我思谋着，咱恐怕要意思意思哩。"

老伴说："你老是神神叨叨的，啥意思？"

张和京说："这是大好事，咱要捐献哩，对年轻人是支持么。如今世事好了，国家每年给我这老革命补助那么多钱，儿女们又寄钱，咱老两口花不完，捐献些吧？"

老伴说："我听说是投资呀，入股呀……"

张和京忙打断老伴的话，说："咱不管人家是投资还是入股，咱捐献。装修洞需要不少钱。"

又一次提到装修洞，张奶奶禁不住眼睛红了，心里酸了。她娘家在岭那边不远，做姑娘时就听说了月亮湾的故事，听说月亮湾张氏先祖张星魁是安徽人，和媳妇金梅香背井离乡来月亮湾盖土楼，做生意发了财。可惜，金梅香留下三个儿子就病逝了，那张星魁续弦叫大翠、小翠，人才出众，通情达理。大翠、小翠是亲姐妹俩，人称姊妹花。张星魁一共有九个儿子，人称九杆枪。为了防卫，姊妹俩支持、协助丈夫在太平山上凿了13个洞……

婚后，张奶奶让丈夫张和京特意领她上太平山进古洞看了，深感先祖的艰辛不易。想起先祖的背井离乡，她不禁流出了热泪。现在张氏后代联合起来开发古洞，怎能不支持？她对张和京说："照你的意思办，咱捐献！"

张和京喜出望外，哈哈大笑。他一直担心，如今是商业社会，人都把钱看得重，如果家中"财政部长"不开口，他就没咒念了，如何是好？不料，她如此开通，慷慨解囊。

张和京太高兴了，像年轻小伙子一样扑上去，抱住老伴亲了又亲。亲完了问："掌柜的，咱捐多少？"

老伴说："能捐多少？咱还要养老吧？"

张和京又担心了，只捐一二百，可咋办？

老伴说："多了咱没有，三千（元）两千（元）拿不出，就捐六千（元）八千（元）吧？最多一万（元）。"

张和京眼睛湿润了，非常感激老伴，说："好，够了。娃他妈，你猜我为啥对月亮湾的旅游开发这么上心？"

"不知道，你说。"

张和京富有感情地说："我实在感激，几十年来共产党为老百姓过好日子，把心操碎了，想了无数办法。就说中华人民共和国成立后，在土地问题上想的办法少吗？土地改革、查田定产、农业合作化、初级社、高级社、人民公社、土地承包责任制……再说种植吧，一个劲儿更新，啥好种啥，啥能多收种啥。有白马牙玉米、赵鸿璋小麦、下蛋红薯、烤烟、行行田，种黄姜、黄芩、丹参……哪一样不是为咱百姓好？当然，有些成功了，有些没成功，都很正常。你总不能说心不好吧！娃他妈，我思量，开发太平山古洞群，是时代走到这一步了，是党领导得好。十八大以来，民富国强，人才有心情、有实力（钱）旅游，这旅游开发是立竿见影的事。”

老伴笑着说：“是呀。那天，旅游局长带专家来村里考察后论证……”

张和京哈哈笑了，打断老伴的话，说：“你真行，到底改革开放了，还知道‘论证’！”

“张狂啥么，你当光你能行？”老伴说：“那天旅游局长算过账。旅游局长给村里开发小组的成员说，住的条件要干净、卫生、舒适，吃的饭菜要简单可口、就地取材、讲究绿色。按这样的条件，你们保证接待200名客人，游客由我们负责领来。按别的景点的经验和标准，一位游客吃住一天收50元，净收入按30元算，10天300元，一月900元。200人多少钱？一个月18万，四个月72万。真是一本万利，到哪里去做这样的生意？何乐而不为呢！”

张和京听完老伴的话，想了想才说：“咱月亮湾几十年来摸着石头过河，总算把河过了。如今搞旅游开发，咱贡献一点儿，支持一下，对先人、今人和后世都好。”

老伴笑着说：“当然都好。你是老党员嘛。”

老年人心事多，感情脆弱，一提到老党员，张和京就想起他的入党介绍人杜月莲。要是老嫂子还健在，听到旅游开发，一定会首先捐献，可惜她作古几年了。

改革开放那一年，杜月莲让儿子陪着回了趟湖北老家，回来后对张和京说：“大池塘还在，村后那座丘陵还在，可一个熟人都没有了，埋父母的坟也不见了，只好在村后一个背地方给老人烧了回纸。”

杜月莲从娘家回来后，给张和京说的重要的一句话是：“兄弟，我爱月亮湾！”所以，老嫂子如今要是还活着，定会捐献。

张和京把心事给老伴讲了，她的感情也被触动了，说：“咱代嫂子多捐些。”

榜样的力量是无穷的，更是一石激起千层浪。张和京老两口在月亮湾捐献的事对其他人产生了很大震动，村里人都行动起来了，有捐三五十元的，也有一二百元的，还有捐上千元的，多少不等。一位老太太在屋后坡上散养了一群土鸡，她的鸡训练有素，能服从命令听指挥。要它们回来时，把铜脸盆翻过来敲一敲，它们就你追我赶地跑回来了。土鸡蛋营养价值高，价格相对也贵，一斤卖8元钱。老太太捐了160元，20斤鸡蛋钱呢。办事人员不收，说：“老人家，你心到就对了，钱你拿着。”老太太说：“你嫌少？”办事人员忙说：“不是这意思！”双方不断推让后，办事人员只好收下60元钱，意思是六六大顺，祝老人家健康长寿。

老太太过意不去，瘪嘴巴直念叨：“这才是呢?! ”

消息像长了翅膀，一下子飞了出去，飞得很远很远。有一天，开发小组忽然收到一笔捐款，数目惊人。办事人员是年轻人，一男一女都姓张，是堂兄妹。姑娘吐着舌头，睁大了眼睛，很惊讶地说：“这么多！谁寄的？”

原来，这笔钱是从关中渭北一个县的一个镇寄来的，同时还收到一封短信，言简意赅地说：“从报上看到你们着手开发祖先留下来的古洞，作为后代，我们非常欣喜。

为支持你们的善举，为慰藉祖先张星魁、大翠、小翠等，我们23家商议捐微薄之力，以表心意。”信末署名，除了几位“和”字辈“张和X”之外，尽是“张帮X”“张家X”“张俊X”的。办事人员顿时愣了。

还是张和京揭开了谜底：清道光三年（1823），张朝林、张朝奉兄弟俩外出做生意，到了渭北桃花堡就定居了下来，为了纪念祖先还从祠堂带去一块“流芳百世”的大匾，后世与月亮湾张家多有联系。整整50年前的一天，村里来了一位乘坐吉普车的很有风度的人，由张和京陪着去张家老坟里烧了纸，上太平山探了古洞。那人也是“和”字辈，系渭北桃花堡张氏后裔，时任商洛地委副书记。两个年轻的办事员这才知道了原委，忙给渭北桃花堡方面写了感谢信。

另一天又收到一笔大款，是从新疆寄来的，寄款人是“张家旺”。这是张和云的孙子，张和云是在新疆生产建设兵团工作的老同志，一大家人工作和生活在新疆。孙家旺本有稳定工作，但此后“下海”从事奇石生意。张家旺爱奇石，最初是从一本书中读到了对奇石的论述：奇石为天公造化，举世无双。静观奇石，与奇石交流，会心无杂念，使灵魂纯净，精神升华，爱奇石、把玩奇石也是一种养生大法。从此，张家旺与石头结缘，做起了奇石生意。除了库房之外，张家旺有四间门面房放的都是奇石，大小、形状、色彩各不相同，五光十色，璀璨夺目。张家旺有一块镇店之宝达三吨多重，上有“崇山峻岭”“江河奔涌”花纹，起名“江山多娇”，引用了毛泽东诗词中“江山如此多娇”之意。

张家旺奇石店的名字叫“万盛恒奇石店”，继承了先祖张星魁的商号名。一带一路建设使万盛恒奇石店也插上了腾飞的翅膀，张家旺在印度尼西亚的雅加达开了万盛恒奇石分店，在意大利的罗马也开了家万盛恒奇石分店。

张家旺听说家乡搞旅游开发，非常高兴，就寄回了捐款。知情者说，别看人家拥有的是石头，似乎普普通通，其实都是宝贝，有的一块就价值连城呢。咱张家旺如今的资产有多少，外人谁能说得清？

有一个老爱开玩笑的小伙子说：“照这么说，那捐款属于九牛一毛，还真是小意思，不足挂齿。”

小伙子的一个堂叔听了此话觉得不妥，就反驳说：“你咋能这样说？对人家是小意思，对咱们搞开发来讲，却是大意思！”

在场的人一声笑，说：“是哩。”

资金问题解决了，就该考虑如何开发了。说是开发，其实大多是修缮，在“修旧如旧”方针下推进。

月亮湾是远近闻名的三村，即厨师村、画师村、工匠村。

月亮湾厨师多、技术高，在北京、上海、广州等地大酒店的厨师中都有月亮湾的人。月亮湾有个叫青牛的厨师，休完假去酒店带了一种家乡菜，总经理和师傅们品尝后纷纷夸奖味道好。大家都问这是什么菜，青牛说：“这是我们月亮湾的一种野菜，特殊炮制凉拌后，就是这个味儿。它有清热解毒和减肥的作用。”总经理对这种菜挺有兴趣，让青牛组织货源长期供应，作为特产招待外宾。

画师包括泥塑、壁画及雕梁画栋方面的人才，从事这种行业要有文化底蕴。好在月亮湾崇文重教，先祖金梅香去世前曾嘱咐丈夫张星魁要让孩子多读书。这些年政通仁和、国泰民安，各地对文物保护很重视，修缮庙宇者颇多，月亮湾的画师就派上了用场，赴省内外包活、干活。有几个人在云冈石窟干了好几年。

月亮湾的木工、瓦工、电焊工等，虽不是能工巧匠，可技术亦属娴熟、高超，在主要城市的一栋栋高层建筑中，也有他们的身影。

听说家乡搞旅游开发，贫困闭塞的地方要让世人认识，从而脱贫致富。工匠们喜出望外、欢欣鼓舞，都要出力流汗，贡献自己的智慧和技艺，各项工作忙而不乱，紧锣密鼓地行动起来。开发项目简记如下：

一、方塘。月亮湾村东头高山脚下，一块地方有半亩地大，人称半亩方塘。那是先祖张星魁修建土楼时，从这儿挖土脱坯，形成一个低洼处，就开渠引水变为鱼塘，养鱼植莲。南方人喜食鱼，半亩方塘既供人们观赏、垂钓，还供应了食材。如今开发出来，要为游客们服务。

二、水磨。水磨是渠水冲转轮盘，轮盘带动石磨的一种工具，以此磨粮食。水磨不用人力、畜力，凭借水的冲击力，又叫水打磨。这是古代劳动人民智慧的结晶，在南方很盛行。张星魁迁居月亮湾后，把这种先进工具带进来，既快又省力，人人称奇。水打磨在月亮湾用了数百年，直到20年前村里通电以后，磨面机才代替了水打磨。水打磨是农耕文明的标志之一，可供人们欣赏，追忆历史，大有裨益。于是，大家疏通渠道，修理轮盘（水斗），一切齐备便放水打磨哗哗转，好看极了。娃娃们拍手叫好，像目睹卫星上天一样。有人说，石磨磨的面味纯、有筋丝，擀面蒸馍好吃，就带麦子来水磨坊排长长的队磨面。

三、油坊。商州地面有许多以油坊命名的地方，例如油坊渠、油坊岭、油坊街、油坊生产队。月亮湾不甘落后，在村东边有个油坊沟，也就是方塘北边，不大的一条小沟有几块台地，左右两边被山林包围着。据考证，清康熙三年（1664）秋天，张星魁的五代孙张大天挺有经济头脑，他高瞻远瞩，发现方圆漆树成片，漆籽年年丰收；又家家种植大豆，户户豆子柜里顶盖满，这些都是榨油的好原料，可没有油坊。于是，张大天组织人伐木抬石，在村东这条小沟的一块台田上盖了三间房，在屋里做了榨油工具，榨起了油。每到秋末冬初时节，前来榨油的人络绎不绝，这条无名小沟便有了大名——油坊沟。这个名字至今已近 200 年，六代人所榨的油能装多少八斗瓮，算得清吗？

现在，油坊沟的油坊、榨油工具恢复了，成了月亮湾一道靓丽的风景线。

四、红军纪念亭。月亮湾斜对面七家沟左侧，有一条从南边逶迤而来的石梁，人称青龙背。相传很久以前，七家沟右侧玉皇山下有户人家，女主人是一位接生婆，技术娴熟，心地善良，由她接生的婴儿成千上万。有一个朝廷重臣他娘生产时难产，母子命在危难时，竟被她救活了。传说，南山一条龙生崽时难产，三天三夜折腾不休，危在旦夕时，这位接生婆路过见了，给顺利接生了。那条小青龙一直牢记接生婆的恩德。此后某年盛夏夜，乌云密布，响雷闪电，大雨倾盆，山洪暴发，乳河猛涨，眼看就要淹没接生婆一家。为救救命恩人，小青龙从南山下来，躺在河中使滔滔河水改道，使接生婆及儿孙一家人避过一场大灾难。随后，小青龙变成了一条独特的山脊，一直守护着接生婆一家。

感恩，是中华民族的优良美德。1934年冬，救苦救难的红二十五军一部来到月亮湾，有几位伤员牺牲了（其中就有杜月莲的前夫）。为了永久纪念，使红军精神代代相传，月亮湾人在七家沟建了红军烈士陵园，在陵园近旁小青龙的背脊上建了别致的纪念亭。

五、玉皇山与玉皇庙。月亮湾村前那座青山，雄伟壮丽，巍然屹立。按风水学讲，这是一座吉山、宝山，给月亮湾带来了祥瑞、安宁。当初张星魁之所以要安居月亮湾，据说其中一个原因就是看中了这座雄伟而秀丽的山。

清顺治年间，张星魁的一个后代叫张明晖，在他80岁生日那天夜里，老伴做了一个梦。她梦见从天宫飘飘然下来一位方盘大脸、黑须飘胸、头戴官帽、身穿龙袍的人，自称是玉皇大帝，久居天宫，尽享荣耀，很是厌烦。今日下界云游，意外发现月亮湾村前那座山极有神气、灵气、宝气，望她给老伴说一说，在山顶修一间庙让他安息，他会保佑月亮湾世代平安、富裕。

老太太梦醒了，玉皇大帝不见了。

第二天，老太太给老伴讲了那个梦。随即，他们在山顶修了一间雕梁画栋的玲珑小庙，庙里塑了玉皇大帝像。从那时起，庙就叫玉皇庙，山便叫玉皇山。

开发小组把从七家沟小青龙脊背上的红军纪念亭到红军烈士陵园的道路加宽了，再使小路穿林登山到达玉皇庙。游人们参拜了玉皇大帝的塑像后，就可以站在庙前观看群山，观看屋宇错落的月亮湾，观看村前河流蜿蜒，观看公路上奔跑的汽车……景色美不胜收，使人心旷神怡。

从山林中的弯曲小路向东走去，来到山洼一处平台，这里有几株果木树。此处原来有三间草房，即红军班长冯西金的家。现竖一通石碑，上刻“红军班长冯西金家旧址”10个大字。

从旧址下来，可观赏坐落在油馍河南岸的独特古民居——王家“回”字形大院，然后再回月亮湾下榻处休息。游人游完后都觉得十分满意，禁不住感慨一声：“啊，好不乐哉！”

六、和畅亭。取“春风和畅”之意，建在月亮湾村后山头。站立亭中举目四望，村庄、河流、群峰尽收眼底，使人惬意。据传，张氏先祖张星魁步入耄耋之年时，依旧耳不聋、眼不花，身板硬朗，腿脚便捷，常登太平山，到月亮崖的洞群中探访，回想往事，心情特别愉悦。有一次，张星魁携大翠、小翠上山游玩时，就坐在这儿休息，笑声不断。第十五代子孙们为了感念先祖，特建和畅亭，供游人休息、怀古。

七、洞栏。这一道风景线堪称绝无仅有，将洞群用电焊的钢筋花栏杆撅入坚石围起来，留前（东）后（西）二门（可以加锁），既有了里外，更保证了安全。

八、大平台及其建筑。例如龙王庙、灶房、水池等，在太平山洞群的历史发展过程中发挥了不可替代的作用，可谓劳苦功高。现在人们平了场地，对小庙、灶房整修一新，水池修成了水泥井，聚集天水并加盖，做了净化处理。用此水沏茶，有一种异香。

关于洞群的布置，按各自的历史故事、人物做了维修，保持了原有风貌。每一个洞口都安装了褐色木门，古香古色。

当然，游人要吃、要住，此事非常重要。开发小组发动村民办了农家乐，月亮湾的厨师们不出门就可以挣钱，英雄有了用武之地。

万事俱备，只欠东风。蓦然间，“东风”来了。试运行阶段，一传十，十传百，一辆又一辆各种颜色、各种型号的小汽车开进了月亮湾。村民们喜出望外，热情接待，像给儿子结婚一般。就这样，一天又一天，月亮湾欢腾了，沸腾了……

然而，试运行不久就凸显出一个大问题，从干部到村民个个惊慌失措，手忙脚乱。出了什么大问题呢？人满为患，巷道、场上、路边到处都是人，男的、女的、老的、少的。宾客盈门是好事，可没住处。

游客中有性急的、火气大的，发起了牢骚，扬声说：“你们干什么吃的？游客们高高兴兴来了，可没有住处！”

“这是怎么啦？不是捉弄我们吗？”

游客们乱成了一锅粥，不可收拾。

这时候，有一个人出面才好不容易解了围。

这个人脸庞红润，乐观大方，年过八旬，身体健康。众位见过，他是张和京。

张和京站在高台上，面对情绪激动的游客们，连鞠了三个躬，讲道：“各位来宾，你们好！我叫张和京，是月亮湾一名老共产党员，特向诸位致谢、道歉！我和一伙搞旅游的娃娃们一样，因为学习不够，对市场经济一时把握不了，才犯了眼前这‘供不应求’的大错误，请诸位谅解。我们一定会认真学习，扩大再生产，解决存在的问题，满足市场需求。”

张和京提到“市场经济”，把大家逗乐了，气氛一下子好转了。

张和京继续讲：“同志们，既然让诸位白跑一场，我们就给一点儿补偿，每人发10元钱。这钱由我出，我刚才跟老伴已经商量了，她同意。大家不知道，她是我家的财政部长，财政部长一开口，有啥难处？”

一句“财政部长”，又把大家说笑了。可谁能想到，张和京说一不二，是动真格的。人们看到，一位身板硬朗的老太太背一个黑色皮包，手拿纸笔从张和京身后站出来，对大家喊：“同志们，老张刚才说了，给每人补偿10元。请大家一个接一个排成队，前来领钱，我给咱们发。”说着从挎包里拿出厚厚一沓10元面额的人民币，抖着笑道：“没乱号码，才从储蓄员那里兑换的。”她是张和京的老伴，大名白桂粉。

现场的游客惊讶了，一时鸦雀无声，几乎连针掉到地上都能听得见。他们万万没有想到，月亮湾人竟如此言必行、行必果，讲究诚信。一位年轻游客站出来说：“说是说，谁要你们补偿？老人家，是不是？”

“是！是！”众人大声响应。

一位中年游客说：“大家都有私家车，跑一趟也是旅游，没有什么，返回就是。”

一位女游客说：“是呀，说什么补偿？我们是从省城来的，浏览了沿途风光，观赏了月亮湾的秀丽，见识了当地淳朴民风，这一切都感人至深，收获颇丰，不虚此行。”

她对张和京老两口说："老人家，咱们已成朋友，待以后有了充足的吃住条件，我们再来悠闲几天，还要上太平山看古洞呢。"

张和京忙说："那洞凿在月亮崖上，13个呢，是我先人的功劳。我先人叫张星魁，和妻子金梅香带两个孩子从安徽迁徙到月亮湾做生意，商号叫万盛恒，讲究诚信，生意很好，远近有名……"

张和京讲到这里时戛然而至，老人家眼睛红了，想哭。

众人不解，居然有些担心，老人家有什么病吗？心脏不好？脑梗？如果晕倒，如何是好？唉，本是游玩，如果出了人命……即使半身不遂、口眼歪斜，也是大事啊。

一男一女两个小青年，不约而同连忙扑上去，一左一右站在老人家身边，一个人搀扶一只胳膊，关切地问："爷爷，哪里不舒服？我们扶你回家躺下休息还是进医院？"

张和京笑了，说："孩子，请放心。我啥病都没有，一顿能吃三大碗糊汤面呢。"

接着，张和京才讲了他动感情的原因："只可惜，当初我们的女先人金梅香病故了，留下了三个年幼的孩子，恓惶得很。天下好人多，隔壁辛先生的大女儿大翠先嫁给了我们的男先人，成了我们的女先人。后来，大翠的妹妹小翠也嫁给了我们的男先人，成了我们的另一位女先人。二位女先人各生了三个儿子，连同女先人梅香生的三个，我们的男先人一共有九个儿子，人称九杆枪，红火得很。我们的先人张星魁和三位夫人的画像就在一个洞里敬着，那一个个洞中都有我们先人的故事……"

不知村里谁说了一句："那洞群不仅是我们张家一代

代先人们历史的记录，还是国家几件大事的缩影呢！”

“哦！哦！”众游客不禁想先睹为快，然而这次不行了，等下次吧！

2

这天夜里，月光如银，树叶墨绿，有鸟儿在树的枝叶间扇动着翅膀，扑棱声不断。夜不平静，月亮湾许多人都没有睡踏实，尤其是开发小组的人，还有时刻关心旅游开发的人，比如张和京和白桂粉老两口就辗转反侧。是呀，怕没有游客，心中一直担心，可游客来了，却无力接待，这是啥事？是不是近似于好龙的叶公？

张和京想了一个办法，跟老伴一沟通，白桂粉也同意。

第二天一早，开发办公室来了许多人，都说他们昨夜没睡好，想了大半夜才想出了一个办法。他们的办法居然相同，即入股集资盖土楼，接待游客。

张和京说：“据我考证，咱们祖先张星魁盖的土楼，一直沿用了几百年，到清朝道光初年才拆掉，有关住户便搬出，盖了坐北向南的平房，一个小场面，跟现在住户一样。”

张和京说：“咱现在在原址上盖土楼，我认为有三大好处：首先，咱们的先人张星魁在天上见了会很高兴，青出于蓝胜于蓝，咱们后继有人，又把土楼恢复起来了。其次，一座土楼有多少层？多少间小房子？能住多少游客？还愁无法接待吗？能再叫他们向后转吗？最后，对咱们月亮湾来说，对咱们景区来说，土楼也能成为标志性建筑。东来西往的车辆、行人从村前的省道上过，看见土楼定会吃惊，那是什么？知道的人定会赞不绝口，福建才有土楼，月亮湾也有了。”

开会决定恢复土楼，请专家设计，并办了有关手续。每股五万元，很快就有33人报了名。张和京也入股了，写的是儿女的名字，二儿二女每人一股。他笑着说：“这对儿女们是个贡献，更是拴马桩，把他们牢牢拴住了，不常回家看看能行吗？这里永远是他们的根，有他们的‘万盛恒’呢！”

哈哈哈！大家都笑了。

要恢复土楼，如果在别的地方，那是难于上青天。对月亮湾来讲，则是小菜一碟。各种材料备齐了，在村前摆了一大片，有石头、木头、钢筋、水泥……

动工的时候，按照当地风俗，在工地上摆了香案，一敬土地，二敬先人。敬土地的意思是，天下所有的土地都是土地爷管着的，土地是宝，土能生金。如今要动用一块土地，给土地爷打个招呼，以保施工平安。所谓敬先人，就很明白了，老先人张星魁和夫人金梅香当初迁徙月亮湾，买地盖楼居住、做生意，兴旺发达，繁衍后代，功不可没。如今要恢复土楼，自然要让先人知道了高兴，以保子孙后代万古长青。

开始放炮了，有鞭炮、大雷炮、花炮。虽是大白天，可地上鞭炮齐鸣，空中花炮震荡云霄。

3

又一个夏天到来了，盛夏时四山苍翠，河里的流水清澈见底，偶尔有鱼儿游来游去。月亮湾偌大的停车场上，一排排、一行行停满了小汽车。停车场上停不下的车，就停放在大路边，长达半里！

到处都是人，村里是人，乳河岸上是人，油坊沟、堡子沟里也是人。自然，青龙背、玉皇山、骆驼路上，以及太平山、大圣山上，都是一绺一串、三三两两的人。这是月亮湾从未有过的荣耀和光彩。

空气清新，日光艳艳。今天是月亮湾风景区正式开张的大好日子，游客们来了，渭北桃花堡张家派代表回来了，新疆万盛恒奇石店的大老板张家旺回来了。

还有一位令人起敬的来宾，她已 88 岁，满头银发，精神抖擞。她的孙子开着宝马车，孙媳妇陪着她从省城特地来了。她是省某厅退休副厅长，曾在月亮湾工作过，对月亮湾很熟、很有感情，意外得知月亮湾建了旅游风景区，她很高兴，就来了。她给了两千元礼金，以示祝贺。她的大名是“凤芳珍”，令开发小组的人目瞪口呆：她是谁呢？怎么没听人说过？老人家年岁大了，搞错了吗？

凤老太太思维敏捷、记忆清晰，她见年轻人异常惊讶，丈二金刚摸不着头脑，禁不住哈哈笑了，说了一个个月亮湾人的名字：张辑长、张辑录、张和顺、张和公……还有几位妇女：香娃、三月、引弟、水芹、艾叶、兰兰……一共十几个人。年轻的办事人员都摇摇头，叹息一声：“他们早都不在了！”

“啊！”凤老太太情不自禁惊叹一声。人世沧桑，变化如此之大，令人想象不到，可一切如在昨日。过了一会儿，她又问年轻的办事员：“有一个叫京娃子的人，也不在了吗？”

男办事员说：“京娃子？不认识，不知道。”另一个女办事员责备男办事员说：“你呀，那不就是张和京爷爷的小名吗？”

尽管声音压得很低，却让凤老太太听到了，她扬声道：“是的，是张和京！他还在吗？”

“在，在。”

“快给我把他叫来。”

张和京来了，他一见到满头白发、满脸红光的凤老太太霎时愣了，待在那儿不知道说啥好。倒是凤老太太先开口笑着说：“京娃子，你还没有死？”

张和京已经听出她是谁，忙上前低头哈腰说：“凤妇联，你好！”

老同志相见，分外亲热。庆祝大会后，张和京领凤老太太和孙儿、孙媳妇到家里吃了顿洋芋糍粑，婆孙仨连说好吃！回西安时张和京还让他们带了一大盆糍粑。

第二天一早，凤老太太要上太平山探访古洞，张和京说：“算了吧！咱们毕竟年龄大了……”可凤老太太执意要去，说：“我曾读过古人对洞天的论述，说它有隐蔽性、神秘性，又说是神仙住的地方，对人吸引力很大。我既然来了，一定要去看看，不虚此行，不留遗憾。”

张和京说：“你一定要去？那我想办法。”

张和京让几个年轻人绑了一个滑竿，抬着凤老太太顺骆驼路登上太平山，探访古洞群。张和京一路陪同。

凤老太太故地重游，兴致极浓，和张和京说了许多话。自然，他俩谁也没提那件事，连困难时期送肉和豆腐的事也没有提。但是，趁晚辈不注意，张和京握了一下凤老太太的手，凤老太太深情地瞧着张和京，二人脸都红了。

4

再说开大会的事。市上、县上有关部门的领导来了，县长也来了。

台子搭在土楼前广场上，人山人海，宾朋满座。大会开始前，主宾剪了彩，放了炮，掌声雷鸣，然后由县长讲话。县长姓高，高个头，年轻有为。他爷爷是红二十五军的一名基层干部，长征时来过月亮湾，参加过在张家祠堂召开的会议，在红军洞里养过伤。他的爷爷就是高营长。高县长刚上任就走访了月亮湾，觉得十分亲切。

高县长讲："同志们！旅客们！今天，月亮湾风景区正式对外开放了，我十分高兴，谨代表县委、县政府表示热烈的祝贺！"

"同志们！月亮湾风景区是独特的所在，在我县绝无仅有，景区内有红军活动遗址，有古人凿的洞群，洞群里发生过惊心动魄、曲折复杂的故事，浓缩了400年的历史。或者可以这样说，从洞群的故事中，我们看到了社会的变迁、人世的沧桑以及文明的进步等。

"还有一点值得大家肯定。月亮湾景区的开发建设，体现了艰苦奋斗、自力更生精神的伟大，因为它是群策群力的结果。"

"还有极其重要的一点，是因为有党的领导，是改革开放的成果，是党的十八大以来脱贫致富奔小康的功劳……"

下面是来宾讲话、村民代表讲话，凤老太太和张和京都上台发了言。

大会结束，各自到处参观，村里村外、前山后山到处都是人……

夜来了，月光明亮，星斗满天，月亮湾仍然沉浸在喜庆之中，异常热闹。

戏曲晚会开始了，在白天开大会的台子上，表演的是革命样板戏《红灯记》。县剧团为了祝贺月亮湾景区正式对外开放，特地下乡来演出。台下观众黑压压一片，秩序井然，不时拍手喝彩！

篝火晚会同时进行，地点在太平山顶的太平台上，台中央架一堆柴火，火光冲天。百十名青年男女高兴极了，围着篝火跳起了舞，歌曲是那凤凰传奇唱红了的《月亮之上》……

附 录

历史长河中的生命之魂
——读南河长篇小说《月亮湾》

马修亚

南河先生精心创作的长篇小说《月亮湾》是以陕南秦岭东南部的月亮湾张氏家族的生活为原型，描写了从明朝嘉靖十一年（1533）起，张家祖先张星魁带着妻儿从安徽安庆一带迁徙至商州月亮湾，世代在这里繁衍、生息、劳动、生存、生活、奋斗、斗争，发展至今的故事。全书选取了张家人及其后人在各个历史时期最有意义、最感动人的生活片断，描述了张家在历史长河的各个不同时期的沉与浮、抗争与拼搏。这一家族在历史长河中的发展映射着民族精神之魂和生生不息的民族品格，也揭示出中华民族逐步强大并最终屹立于世界民族之林的伟大现实。

这部长篇小说共分为三个部分，上篇为土楼，中篇为洞群，下篇为开发。上篇是写张星魁一家从安徽迁至月亮湾以后，与当地人和睦相处，用人格和人品支撑起这个不断繁衍发展着的家族的现实，以至于把在安徽老家结识的福建朋友家乡的土楼建造在月亮湾。这是张氏家族逐步兴盛发展的历史标志，也是张氏家族兴旺发达的缩影。由于历史的发展、变迁以及社会环境的变化，为躲防匪患的猖獗与侵扰，张家祖先决策并实施了在太平山上开凿太平古洞用于安身和防匪患，由此发生了一连串的历史故事并延伸至现在，这就是中篇部分的洞群。值得一提的是，本书作者南河先生是一位热心公益和旅游开发的商洛名人，曾成功地进行过商州大峡谷风景区和商州郝家洞的开发与保护工作，在商洛很有影响力，所以小说又写出了下篇的开发部分。

读者应当注意的是，这部小说的创作是不同于以往南河先生的小说的。作为上篇，是以张氏家族的祖先张星魁的人生命运与经历，包括爱情故事及那一时期的家族历史，强调了独特的历史时期对于普通民众生计的影响，也强调了人格魅力在家族生存奋斗和繁衍生息中的重要作用。中篇部分的洞群，内容丰富，故事各异，独具一格，精彩纷呈。13个洞：福字洞、财源洞、祖先洞、文昌洞、观音洞、老君洞……洞洞都有表述内容，有的是意象，有的是故事，既体现了民族文化与心理，又体现了历史进程中人在历史大流中的奋斗故事，有着时代的烙印与内涵。福字洞体现了人们“有饭吃，有衣穿，有一块糊口的田地”的朴素幸福观，寄托着人类理想中对“福”的崇拜与向往，体现了人们对道教文化、佛教文化、儒家文化的追求。而观音洞和老君洞展现在我们眼前的是古老而新鲜、朴素而深刻的人生哲学理念，我们的现代生活不是在强调“天人合一，和谐共生”吗？阎王洞、结义洞、爱国洞、剪辫子洞让我们听到了历史的回声，祖先们在历史中的呐喊与抗争使我们知道“我们从哪里来，又要到哪里去”。红军洞、解放洞使我们看到了信仰坚定、以大众利益为重、视死如归的革命前辈，在枪林弹雨、血雨腥风的艰苦岁月里钢铁一般的意志。风雨浸骨骨更硬，革命理想高于天，这些悲壮豪迈的英勇画面，令人震撼。革命前辈与人民群众的血肉关系，构成了“红色文化”的重要内容。当前，中国进入了新的时代征程，脱贫致富奔小康和建设美丽乡村成了当下的重要内容之一，月亮湾这块土地上的旅游开发也就成了一个值得叙说的话题。因此，本书的下篇就成了月亮湾人、张家后人及相关人员要做的开发。在这一部分，南河先生进行了一定程度的写实和虚构，使得这部分内容摇曳多姿，丰富多彩，令人愉悦，心旷神怡。

南河先生创作的小说《月亮湾》是以张星魁家族在历史发展演进中的故事为主线，区别于以往小说纯故事或单一故事发展的结构。这部小说就像《江山万里图》一样，只在整体中选取特定历史时期的某一段落来展示当时广阔的历史长河，从而揭示整个中华民族在历史进程中繁荣发展、自强不息的开拓进取精神。这是“散点透视”式的一种写法，又是历史主线路上的串联结构，不同的内容、不同的风景、不同的故事组织出了异彩纷呈的时代内容。这种写法上的创新，使整部小说读起来大气恢宏，气势开张，容纳量大，视野宽广，空间感强。尽管南河先生这部小说中叙述性的语言多于描写性的语言，但我仍然觉得其可读性强，气韵贯通相连，意蕴丰厚。可以这样说，这是一部可读的小说，引人思索的小说。

（作者系文艺评论家）

后记

《月亮湾》的书稿本拟五个月写完，最长半年时间。像写《蟒岭风雪》那样，大年三十、正月初一我任大人、孩子忙活，自己还在伏案写作。不料，动笔后十分顺畅，有一日竟写了四千字，所以两个月又两天就完稿了，我长长舒了一口气！

本书写的是秦岭山区一个由安徽迁徙而来的张氏家族400多年的变迁史和发展史，是主人公张星魁和他的后代们的故事，充满喜怒哀乐、悲欢离合，既是人生、世事的写照，又是时代的缩影。

本书由一个中篇和十数个短篇小说组合而成，既是一个整体，也可以独立成篇。它们是生活和历史的另一种再现，也是个人的一种尝试，但非创新。因为我想起了《儒林外史》，想起了“六个梦”，还有……

写作的时候，我脑子里净是土楼，净是古洞群，净是月亮湾。今人、古人影影绰绰，走马灯似地在眼前穿梭，牵引着我乐呵呵地前进。

在写作中，卢峰和李剑两位年轻人为我提供了热情帮助。

写作前，我只给子女讲了，他们支持我，成了我的靠山。

儿女们另住，家中只有我和老伴孙秀英（青岛人）。她给我拂来了习习海风，使我看到了层层海浪，心旷神怡之中完成了本书的写作。

著名作家、书法家方英文先生在百忙中为本书题写了书名。其书法旷达、飘逸，增强了本书的厚重感和可读性！

特别要感谢的是杨斜镇党委书记全韬同志、镇长南卫强同志，以及商州区驻月亮湾村第一书记周增强同志、扶贫队队长张建宏同志，他们对本书的出版特别关心，提了许多宝贵意见，再次一并感谢！

南　河

2016年腊月十九日